每天1分鐘！

新制多益 NEW TOEIC
必考單字 860分完勝！

原田健作 著 ／ 葉紋芳 譯

前　言

　　本書最大的特色，是讓那些想在多益測驗考高分的忙碌社會人士及學生們，在任何地方都可以用最有效率的方式下功夫準備。

　　以下就讓我一一為各位介紹吧！

❶　提高分數的祕訣　一
➡ **一邊解題，一邊輕鬆駕馭大量英文單字！**

　　目前坊間的單字本，幾乎只列出單字。這樣是否真的記得住實在難說，還是必須要有一定程度以上的練習才行。而且，強迫背大量單字的方式很單調，總容易讓人覺得挫折。所以本書特別運用**一邊解題一邊背單字**的方式，要您輕輕鬆鬆，就把一個一個的單字通通記到腦袋裡。

❷　提高分數的祕訣　二
➡ **不要放掉已經背好的單字！**

　　想記住大量的單字，只要配合相關單字來背就會格外容易。這在腦科學研究上亦獲得證明。本書也是一樣，**運用每背一個單字，連同衍生語、同義詞、反義詞等延伸單字也能一起記在腦海裡**的方式，絕對能減輕大家背單字的負擔。

❸　提高分數的祕訣　三
➡ **對付容易粗心的片語也能得心應手！**

　　多益測驗中會出現只要懂意思就能得分的片語，

不過把片語留到單字之後才準備的人不在少數吧！所以本書以多益測驗第五部分很有可能出題的片語為中心，收錄了很多**只要懂意思就能提高分數的片語**，助您一臂之力。

❹ 提高分數的祕訣　四
➡掌握不擅長的單字及多義詞，領先超群！

考多益測驗時，只知道minute的意思是「分」是不夠的。因為這個單字寫成minutes時就變為「議事錄」（860分完勝）之意。所以，**攻略這些有可能成為您的弱點的單字**，是提高得分不可或缺的要領。此外，像leave「休假」（➡600分完勝）、story「樓」（➡730分完勝）等單字，本書皆配合目標分數收錄之。

又，為了讓本書刊登的所有英文更為自然，我們請三位以英文母語人士（Fiona Hagan，Jason Murrin，Kristin Smith）協助審核。

不論是接下來要初次挑戰多益測驗的人，或是至今已經挑戰各種多益單字書仍屢遭挫折的人，面對您們，我都要以自己能夠完成這本**最棒的多益單字書**而自豪。本人在此祝福各位，善加利用本書，突破各自想達到的目標。

原田　健作

如何使用本書

本書網羅多益測驗達860分所必備的中階英文單字。全書共769個字彙，除了單字，還包括片語，若加入延伸單字，全書收錄多達1500字。因應多益測驗的趨勢，本書收錄字彙以商用語為主。

本書章節將單字依詞性分類，共135個「主題」，每一「主題」皆搭配一個朗讀音檔，由兩頁版面構成。

題目

每一主題收錄兩道練習題。第一題，是將英文句中使用的單字譯成中文填入空格（同義詞未必可以直接和底線單字替換，也可能必須改變冠詞或單複數形）。第二題，是從選項選出最適合英文句中底線單字的同義詞。這種方式不僅可以利用閱讀背英文單字，還能藉題目來記憶，進而達到根深蒂固，也正是其他同類書籍所沒有的優點。

主題
⑤　名詞（5）商用語

● 將句中劃底線的單字譯成中文填入空格。
☐❶ The <u>depreciation</u> of the US dollar will affect the world economy.
「美元的（　　　）將影響全世界的經濟。」
● 從（A）～（D）中選出底線單字的同義詞。
☐❷ Many artists have <u>patrons</u>.
　（A）masterpieces　　（B）sponsors
　（C）talents　　　　（D）autographs

024 ☐ **patron** [`petrən]
　名「贊助者／顧客」
　同 **sponsor**「贊助者」

025 ☐ **bond** [bɑnd]
　名「債券／束縛」動「結合」名「聯繫」
　例 The company sold **bonds** to raise $5.5 million.
　「公司賣掉債券籌資550萬美元。」

026 ☐ **dividend** [`dɪvəˌdɛnd]
　名「紅利」
　例 The shareholders received **dividends** at the rate of 5 percent.
　「股東領取5%的紅利。」

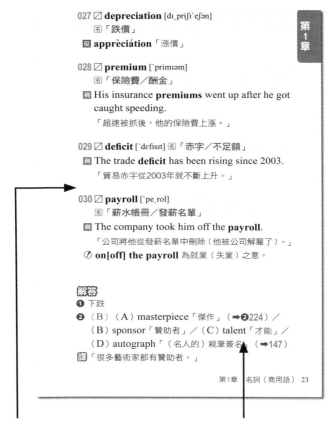

027 ☑ **depreciation** [dɪ͵priʃɪˋeʃən]
　　图「跌價」
　　反 **apprèciátion**「漲價」

028 ☑ **premium** [ˋprimɪəm]
　　图「保險費／酬金」
　　例 His insurance **premiums** went up after he got caught speeding.
　　「超速被抓後，他的保險費上漲。」

029 ☑ **deficit** [ˋdɛfɪsɪt] 图「赤字／不足額」
　　例 The trade **deficit** has been rising since 2003.
　　「貿易赤字從2003年就不斷上升。」

030 ☑ **payroll** [ˋpe͵rol]
　　图「薪水帳冊／發薪名單」
　　例 The company took him off the **payroll**.
　　「公司將他從發薪名單中刪除〔他被公司解雇了〕。」
　　⏷ **on[off] the payroll** 為就業〔失業〕之意。

解答
❶ 下跌
❷ （B）（A）masterpiece「傑作」（➡❷224）／
　　（B）sponsor「贊助者」／（C）talent「才能」／
　　（D）autograph「（名人的）親筆簽名」（➡147）
譯「很多藝術家都有贊助者。」

字彙的解說

　　收錄「練習題中出現之英文單字」的「相關字彙」。字彙使用連續號碼（本書內的號碼）編號。除了中譯，音標及例句（例）、延伸單字（類）、及物動詞（他）、不及物動詞（自）等也一併載明。另外，補充說明（⏷）則是要讓大家對字彙有更深入的理解。

解答

　　本書加入單字索引讓讀者參照，將同系列叢書的「600分完勝」及「730分完勝」分別以❶及❷表示。而000形式的數字是指用於該書內的單字編號。

如何使用本書　5

目　次

第1章　名詞（商用語）

第2章　名詞（日常用語）

第3章　名詞（一般用語）

第4章　動詞

第5章　形容詞・副詞

第6章　片語

第7章　需特別注意的單字

如何掃描 QR Code 下載音檔

1. 以手機內建的相機或是掃描 QR Code 的 App 掃描封面的 QR Code。
2. 點選「雲端硬碟」的連結之後，進入音檔清單畫面，接著點選畫面右上角的「三個點」。
3. 點選「新增至「已加星號」專區」一欄，星星即會變成黃色或黑色，代表加入成功。
4. 開啟電腦，打開您的「雲端硬碟」網頁，點選左側欄位的「已加星號」。
5. 選擇該音檔資料夾，點滑鼠右鍵，選擇「下載」，即可將音檔存入電腦。

- 將句中劃底線的單字譯成中文填入空格。
- ☑❶ He has considerable <u>expertise</u> in marketing.
  「他在市場行銷上有很多的（　　　）」。
- 從（A）～（D）中選出底線單字的同義詞。
- ☑❷ We have no <u>job openings</u> at the moment.
  （A）accountants　　（B）problems
  （C）vacancies　　（D）clients

---

001 ☑ **job opening** [dʒɑb `opənɪŋ] 名「職位空缺」
類 **vácancy**「（工作等的）空缺」

002 ☑ **aptitude** [`æptə,tjud] 名「傾向／天分」
例 She has a great **aptitude** for music.
「她在音樂方面有很大的天分。」
類 **tálent**「天資」

003 ☑ **expertise** [,ɛkspɚ`tiz]
名「專門知識／專門技術」

004 ☑ **niche** [nɪtʃ]
名「適合的位置／最合適的職務〔工作〕」
例 She found her **niche** as a photographer.
「她發現她適合當一位攝影師。」
片 **níche márket**「縫隙市場」

005 ☐ **bachelor's degree** [`bætʃələ‑z dɪ`gri]

　图「**學士學位**」

例 This position requires a **bachelor's degree** in Computer Science.

　「這個職位需要擁有電腦科學學士學位。」

🕐 從最高學位排序順位：**dóctor's degrée**「博士學位」、**máster's degrée**「碩士學位」、**báchelor's degrée**「學士學位」。

006 ☐ **internship** [`ɪntɜ‑n ʃɪp]

　图「**短期實習**」

例 I am writing to apply for your summer **internship**.

　「我正在為你的暑假實習寫申請。」

🕐 internship「短期實習」，是指大學生們為了累積職場經驗，利用長假在企業上班。

解答

❶ 專門知識

❷ （C）（A）accountant「會計師」／（B）problem「問題」／（C）vacancy「缺額」（➡❷020）／（D）client「委託人／顧客」（➡❶014）

譯「我們目前沒有職位空缺。」

- 將句中劃底線的單字譯成中文填入空格。
☑❶ He was chosen as vice president of the company.
「他被選任為公司的（　　）。」
- 從（A）～（D）中選出最適當的選項填入空格裡。
☑❷ Computer (　　) is a must for this position.
（A）literacy （B）literature
（C）literate （D）liberty

007 ☑ **literacy** [ˋlɪtərəsɪ]

名「**讀寫能力**／（特定領域的）**能力**」

形 **líterate**「能讀寫的／有（特定領域的）能力的」

008 ☑ **vice president** [vaɪs ˋprɛzədənt]

名「**副董事長**／**副總統**」

009 ☑ **appraisal** [əˋprezl̩]

名「**評價**」

例 They made a critical **appraisal** of her works.

「他們對她的作品做了批判性的評價。」

類 **evàluátion** / **asséssment**「評價」

動 **appráise**「評價」

010 ☑ **apprentice** [əˋprɛntɪs]

图「見習工／實習生」

例 He began his career as an **apprentice** chef at the restaurant.

「他在餐廳以實習廚師身分開始了他的職業生涯。」

011 ☑ **auditor** [ˋɔdɪtɚ]

图「查帳員／監察人」

例 The reports were certified by the **auditors**.

「這份報告已經過監察人確認。」

012 ☑ **supervisor** [͵supɚˋvaɪzɚ]

图「監督人／上司」

例 He asked his **supervisor** for advice.

「他向上司尋求意見。」

類 **mánager / diréctor**「監督者」

bóss「上司」

動 **súpervìse**「監督」

解答

❶ 副董事長

❷ （A）（B）literature「文學」／（C）literate 形

「能讀寫的」／（D）liberty「自由」

譯「電腦能力在這項工作是必須的。」

- 將句中劃底線的單字譯成中文填入空格。

☐❶ They apologized for their <u>blunder</u>.

「他們對於他們的（　　　）感到抱歉。」

- 從（A）～（D）中選出底線單字的同義詞。

☐❷ You should consult an <u>attorney</u> who specializes in employment law.

（A）janitor 　　　　（B）clerk

（C）executive 　　（D）lawyer

---

013 ☐ **attorney** [əˋtɝnɪ]

名「**律師**」

類 **láwyer**「律師」

014 ☐ **entrepreneur** [͵ɑntrəprəˋnɝ]

名「**企業創辦人**」

例 The **entrepreneur** has made a number of efforts to improve his business.

「企業創辦人做了許多努力來改善他的事業。」

類 **búsinessmàn** / **búsinesswòman** / **búsiness pèrson**「實業家」

015 ☐ **janitor** [`dʒænɪtɚ]

名「管理員／清掃作業員」

例 They hired a **janitor** to take care of the building.

「他們雇用一名管理員管理這棟大樓。」

016 ☐ **blunder** [`blʌndɚ]

名「大錯／大漏洞」自「犯大錯」

類 **mistáke**「失敗」

017 ☐ **predecessor** [`prɛdɪˌsɛsɚ] 名「前任者」

例 Unlike his **predecessor**, he is easy to talk to.

「他不像前任者，他很容易溝通。」

018 ☐ **supplier** [sə`plaɪɚ]

名「供應廠商／批發商」

例 We need to find a less expensive **supplier**.

「我們需要找到更便宜的批發商。」

類 **províder**「供應廠商」

動 **supplý**「供給」

解答

❶ 大漏洞

❷ （D）（A）janitor「管理員」（➡015）／

（B）clerk「銷售員」（➡❶006）／

（C）executive「高階主管」（➡❷034）／

（D）lawyer「律師」

譯「你應該諮詢擅長勞基法的律師。」

主題 4　名詞（4）商用語

- 將句中劃底線的單字譯成中文填入空格。

☐❶ Mr. Scott has agreed to serve as my deputy.

「史考特先生已同意擔任我的（　　　）。」

- 從（A）～（D）中選出最適當的選項填入空格裡。

☐❷ The company has set up 10 (　　) in China.

（A）subordinates　　（B）subsidiaries

（C）subscriptions　　（D）subsidies

019 ☐ **deputy** [`dɛpjətɪ]

图「代理（人）」 形「代理的」

020 ☐ **representative** [rɛprɪ`zɛntətɪv]

图「代表人」 形「代表性的／象徵的」

例 We sent a **representative** to the meeting.

「我們派一位代表人參加會議。」

⚠ 一起記住**sáles represèntative**「推銷員／銷售代表」這個單字吧！

例 The works on display are **representative** of the ancient Greeks' daily lives.

「這項展示的作品是古希臘日常生活的象徵。」

類 **týpical**「代表的／典型的」

symbólic「象徵的」

動 **rèpresént**「代表／表現」

021 ☐ **subordinate** 名 形 [sə`bɔrdnɪt] 他 [sə`bɔrdə,net]

　　名「部下」

　　形「下級的」

　　他「將～列於次要地位」

例 He was highly respected by his **subordinates**.

　　「他受到部下高度的尊重。」

022 ☐ **subsidiary** [səb`sɪdɪ,ɛrɪ]

　　名「子公司」

　　形「補助的」

相關 **súbsidy**「補助金」

023 ☐ **subsidy** [`sʌbsədɪ]

　　名「補助金／津貼」

例 The government has reduced farm **subsidies**.

　　「政府調降了農業津貼。」

類 **gránt**「補助金」

形 **subsídiàry**「補助的」

解答

❶ 代理

❷ （B）（A）subordinate「部下」（➡021）／

　　（C）subscription「訂閱」（➡067）／

　　（D）subsidy「補助金」（➡023）

譯「這間公司在大陸已成立了10家子公司。」

- 將句中劃底線的單字譯成中文填入空格。

☑❶ The <u>depreciation</u> of the US dollar will affect the world economy.

「美元的（　　）將影響全世界的經濟。」

- 從（A）～（D）中選出底線單字的同義詞。

☑❷ Many artists have <u>patrons</u>.

（A）masterpieces　　（B）sponsors

（C）talents　　（D）autographs

---

024 ☑ **patron** [`petrən]

图「贊助者／顧客」

類 **spónsor**「贊助者」

025 ☑ **bond** [bɑnd]

图「債券／束縛」他「結合」自「聯繫」

例 The company sold **bonds** to raise $5.5 million.

「公司賣掉債券籌資550萬美元。」

026 ☑ **dividend** [`dɪvəˌdɛnd]

图「紅利」

例 The shareholders received **dividends** at the rate of 5 percent.

「股東領取5%的紅利。」

027 ☐ **depreciation** [dɪˌpriʃɪˋeʃən]
　　图「跌價」
　反 **apprèciátion**「漲價」

028 ☐ **premium** [ˋprimɪəm]
　　图「保險費／酬金」
　例 His insurance **premiums** went up after he got caught speeding.
　　「超速被抓後，他的保險費上漲。」

029 ☐ **deficit** [ˋdɛfɪsɪt] 图「赤字／不足額」
　例 The trade **deficit** has been rising since 2003.
　　「貿易赤字從2003年就不斷上升。」

030 ☐ **payroll** [ˋpeˌrol]
　　图「薪水帳冊／發薪名單」
　例 The company took him off the **payroll**.
　　「公司將他從發薪名單中刪除了〔他被公司解雇了〕。」
　⏺ **on[off] the payroll** 為就業〔失業〕之意。

解答
❶ 下跌
❷ （B）（A）masterpiece「傑作」（➡❷224）／（B）sponsor「贊助者」／（C）talent「才能」／（D）autograph「（名人的）親筆簽名」（➡147）
譯「很多藝術家都有贊助者。」

- 將句中劃底線的單字譯成中文填入空格。
☐❶ We won the bid for the construction of the bridge.

「我們贏得建設這座橋的（　　　）。」

- 從（A）～（D）中選出最適當的選項填入空格裡。
☐❷ Many (　　　) cannot afford to hire attorneys to represent them.

（A）revenues 　　　（B）expenditures

（C）debts 　　　　（D）debtors

031 ☐ **bid** [bɪd]

名「**投標案／出價**」 自 他「**投標／出價**」

032 ☐ **debtor** [ˋdɛtɚ]

名「**債務人／借方**」

反 **créditor**「債權人／貸方」

相關 **débt**「借款」

033 ☐ **inventory** [ˋɪnvənˌtorɪ]

名「**存貨清單／存貨盤存**」

例 We have a large **inventory** of used cars and trucks.

「我們有大量的庫存二手汽車和卡車。」

034 ☑ **revenue** [ˈrɛvəˌnju]

图「收益／歲收」

例 The group's sales **revenue** rose by 10 percent in 2008.

「該集團的營業收益在2008年上升了10%。」

反 **expénditure**「支出／經費」

035 ☑ **archive** [ˈɑrkaɪv]

图「公文／檔案保管處」

例 Do you know where the **archives** are kept?

「你知道那些公文保管在何處嗎？」

036 ☑ **bulletin board** [ˈbʊlətɪn bord]

图「公告欄」

例 He posted a notice on the **bulletin board**.

「他在公告欄張貼一則通知。」

解答

❶ 投標案

❷ （D）（A）revenue「收益」（➡034）／
（B）expenditure「支出」（➡❷057）／
（C）debt「借款」（➡❷058）

譯「很多債務人無法負擔聘請律師為他們辯護。」

- 將句中劃底線的單字譯成中文填入空格。
☐❶ All the <u>components</u> are made in the USA.
「所有的（　　　）都是美國製造的。」
- 從（A）～（D）中選出底線單字的同義詞。
☐❷ We have come to a <u>consensus</u> on the issue.
（A）conclusion　　（B）agreement
（C）summit　　　（D）destination

037 ☐ **assembly** [ə`sɛmblɪ]
　图 ❶「集會／集合」❷「組裝（作業）」

例 The next student **assembly** will be held on March 17.
「下一次學生集會（學生會）於3月17日舉行。」
類 **méeting**「會議」

038 ☐ **assignment** [ə`saɪnmənt]
　图「（被分派的）**工作／任務**」

例 She has already completed the **assignment**.
「她已經完成被分派的工作。」
類 **allótment**「分派」、**tásk**「工作」
動 **assígn**「分派」

039 ☐ **component** [kəm`ponənt] 图「**零件／成分**」
類 **párt**「零件」

040 ☐ **consensus** [kən`sɛnsəs] 名「意見一致／共識」
    類 **agréement**「一致同意」

041 ☐ **acknowledg(e)ment** [ək`nɑlɪdʒmənt]
    名 ❶「承認」
    ❷「確認（去信已收到的）通知（信函）」
    ❸（**acknowledg(e)ments**）
      「（作者的）致謝」
    例 I received a letter of **acknowledg(e)ment.**
    「我收到了一封確認（去信已收到的）通知（信
    函）。」
    動 **acknówledge**「承認」

042 ☐ **duplicate** 名 形 [`djupləkɪt] 他 [`djuplə͵ket]
    名「副本／複製」形「複製的／副本的」
    他「製作～的副本／影印」
    例 Can you make a **duplicate** of the report?
    「你可以做一份報告的副本嗎？」
    類 **cópy**「副本／影印」

解答
❶ 零件
❷ （B）（A）conclusion「結論」（➡❶183）／
   （B）agreement「一致同意」（➡❶032）／（C）
   summit「頂峰」／（D）destination「目的地」
   （➡❷102）
譯「我們已就這個問題達成共識。」

● 將句中劃底線的單字譯成中文填入空格。

☐❶ Please connect me to extension 1208.

「請幫我接通（　　　）。」

● 從（A）～（D）中選出底線單字的同義詞。

☐❷ For further inquiries, please feel free to contact us.

（A）questions 　　　（B）information

（C）orders 　　　　（D）products

---

043 ☐ **extension** [ɪk`stɛnʃən]

　　图 ❶「電話分機」❷「擴大」

　图 **exténd**「延長」

　形 **exténsive**「廣泛的／廣大的」

　副 **exténsively**「廣泛地／廣大地」

044 ☐ **inquiry** [ɪn`kwaɪrɪ] 图「疑問／打聽」

　類 **quéstion**「問題」

　動 **inquíre**「詢問」

045 ☐ **query** [`kwɪrɪ]

　　图「問題／疑問」他「詢問」

　例 She politely answered my **query**.

　　「她很有禮貌地回答我的問題。」

　類 **quéstion**「問題」、**ásk**「詢問」

046 ☑ tactics [ˋtæktɪks]

图「戰術／策略」

例 They have changed advertising **tactics** to attract more customers.

「為了吸引更多顧客，他們已改變廣告戰術。」

⏱ **tactics**是個別的「戰略」，**strátegy**是整體的「戰略」。

047 ☑ venue [ˋvɛnju]

图「召開的地點／會場」

例 We haven't found a suitable **venue** for the event.

「我們尚未找到合適的地點舉辦這項活動。」

043 ☑ patent [ˋpætn̩t]

图「專利（權）」

他「取得～的專利（權）」

例 He applied for a **patent** for the new technique.

「他為了新技術而申請了專利。」

解答

❶ 分機1208

❷ （A）（A）question「問題」／（B）information「資訊」／（C）order「訂購」（➡❶581）／（D）product「產品」（➡❶054）

譯「如有任何疑問，請隨時與我們聯繫。」

- 將句中劃底線的單字譯成中文填入空格。
☐❶ I think the problem belongs in the political domain.
  「我認為這個問題屬於政治的（　　　）。」
- 從（A）～（D）中選出底線單字的同義詞。
☐❷ We have received positive and negative feedback from the users.
  （A）complaint　　　（B）bill
  （C）reaction　　　（D）requirement

---

049 ☐ **domain** [do`men]
　名「領域／範圍／領土」
類 **réalm**「領域」、**field**「範圍」

050 ☐ **respondent** [rɪ`spɑndənt]
　名「（調查等的）**受訪者**」
例 Most of the **respondents** used the internet more than once a day.
　「大部分的受訪者一天會上網超過一次。」

051 ☐ **feedback** [`fid͵bæk]
　名「（使用者的）**反應／感想**」
類 **reáction / respónse**「反應」

052 ☑ **prototype** [ˋprotəˌtaɪp]

　　图「模型／試製的模型」

例 They designed a **prototype** of the hybrid car.

　　「他們設計了油電混合車的模型。」

053 ☑ **remittance** [rɪˋmɪtns]

　　图「匯款」

例 The **remittance** was made by check.

　　「以支票方式完成匯款。」

動 **remít**「匯寄」

054 ☑ **invoice** [ˋɪnvɔɪs]

　　图「發貨單／請款單／發票」

例 Be sure to check the **invoice** before you make a payment.

　　「在你付款之前，請確認請款單。」

類 **bíll**「請款單」

解答

❶ 領域

❷ （C）（A）complaint「抱怨」（➡❷026）／
（B）bill「帳單」（➡❶027）／（C）reaction「感想／反應」／（D）requirement「必需品／要求」

譯「我們收到來自使用者正、反兩面的反應。」

● 將句中劃底線的單字譯成中文填入空格。

☐ **❶** We have to reduce costs in order to increase profitability.

「為了提高（　　），我們必須降低成本。」

● 從（A）～（D）中選出底線單字的同義詞。

☐ **❷** I was surprised at the outcome of the election.

（A）result 　　　　（B）method

（C）date 　　　　　（D）candidate

---

055 ☐ **liability** [ˌlaɪəˈbɪlətɪ]

　名 ❶「責任」

　　　❷（**liabilities**）「負債」

例 The **liabilities** were paid in full.

　「負債已全數還清。」

類 **respònsibílity**「責任」

反 **ásset(s)**「資產」

形 **líable**「有法律責任的」

056 ☐ **outcome** [ˈaʊtˌkʌm]

　名「結果／成果」

類 **resúlt**「結果／成果」

057 ☐ **output** [`aʊt͵pʊt] 图「**產量**」

例 We are planning to increase the **output** to 500 tons.

「我們計畫將產量增加至500噸。」

類 **prodúction**「產量」

058 ☐ **procedure** [prə`sidʒɚ] 图「**手續／程序**」

例 What is the **procedure** for joining the club?

「加入俱樂部的手續是什麼？」

類 **prócess**「程序」

059 ☐ **profitability** [͵prɑfɪtə`bɪlətɪ] 图「**收益性／利益率**」

相關 **prófit**「利益」

060 ☐ **revision** [rɪ`vɪʒən] 图「**修正／校訂**」

例 They demanded a **revision** of the contract.

「他們要求修正合約。」

動 **revíse**「修正／修改」

解答

❶ 收益率

❷ （A）（A）result「結果」（➡❶184）／（B）method「方法」（➡❶195）／（C）date「日期」／（D）candidate「候選人」（➡❷012）

譯「我對選舉的結果感到非常訝異。」

- 將句中劃底線的單字譯成中文填入空格。
☐❶ The company has managed to avoid a takeover.

「公司已設法避免被（　　）。」

- 從（A）～（D）中選出底線單字的同義詞。
☐❷ The product is under <u>scrutiny</u> at the moment.

　（A）construction　　（B）control

　（C）inspection　　（D）repair

---

061 ☐ **rundown** [`rʌn‚daʊn] 名「**概要／歸納**」

例 Could you give me a brief **rundown** on what changes were made?

「可以為我簡單整理一下做了哪些變更嗎？」

形 **rún-dówn**「失修的／精疲力竭的」

062 ☐ **sanction** [`sæŋkʃən]

　名 ❶（**sanctions**）「（對違反國等的）**國際制裁**」
　　❷「**認可**」

例 The UN imposed economic **sanctions** on the country.

「聯合國對該國課以經濟制裁。」

類 **púnishment**「制裁」

063 ☑ **scrutiny** 名 [`skrutnɪ]

  名「精密的〔仔細的〕調查」

  類 **inspéction**「調查」

064 ☑ **speculation** [ˌspɛkjəˋleʃən]

  名「推測／投機買賣」

  例 The rise in oil prices was caused by excessive **speculation** in oil.

  「原油價格上漲是由於過度投機買賣原油所致。」

  動 **spéculàte**「推測」

065 ☑ **fiscal year** [`fɪskḷ jɪr] 名「會計年度」

  例 The company plans to close two factories by the end of the current **fiscal year**.

  「公司預計於此會計年度結束前關掉兩家工廠。」

066 ☑ **takeover** [`tekˌovɚ]

  名「企業併購／（公司的）接管」

  相關 **take ~ over / take over ~**「接管」

解答

❶ （企業）併購

❷ （C）（A）construction「建設」（➡❶049）／（B）control「管理／控制」／（C）inspection「調查」／（D）repair「修理」（➡❶350）

譯「這項產品目前正受到仔細的調查。」

- 將句中劃底線的單字譯成中文填入空格。
- ❶ I'm going to renew my subscription to *Time* magazine for another year.

  「我將再繼續（　　　　）時代雜誌一年。」
- 從（A）～（D）中選出底線單字的同義詞。
- ❷ The apparatus is working properly.

  （A）equipment　　（B）transaction
  （C）staff　　（D）employee

067 ☑ **subscription** [səb`skrɪpʃən] 图「訂閱／捐款」
動 **subscríbe**「訂閱」

068 ☑ **periodical** [ˌpɪrɪ`ɑdɪkl̩]
图「期刊」形「期刊的」
例 I currently subscribe to four **periodicals**.

「我現在有訂閱四份期刊。」
類 **mágazine**「雜誌」
名 **períod**「期間／時期」
形 **pèriódic**「週期的／定期的」

069 ☑ **circulation** [ˌsɝkjə`leʃən]
图「發行量／循環」
例 This magazine has a **circulation** of about 50,000.

「這份雜誌約有50,000本的發行量。」

070 ☑ **transaction** [træn`zækʃən]

   图「**交易／辦理**」

例 We have had **transactions** with the bank for three years.

   「我們與這家銀行已經交易三年了。」

類 **déal**「交易」

動 **transáct**「進行（交易等）」

071 ☑ **apparatus** [ˌæpə`retəs]

   图「**設備／器具**」

類 **equípment**「設備」

   tóol / ínstrument「器具」

072 ☑ **workload** [`wɝkˌlod]

   图「**工作量**」

例 My **workload** is very heavy, so I can't take on that project right away.

   「我的工作量非常重，所以我無法馬上接下那項計畫。」

解答

❶ 訂閱

❷ （A）（A）equipment「設備」（➡❷071）／（B）transaction「交易」（➡070）／（C）staff「職員」（➡❶004）／（D）employee「員工」

譯「這台設備確切地在運作。」

● 將句中劃底線的單字譯成中文填入空格。

☑❶ Many <u>retailers</u> are suffering from the economic downturn.

「很多（　　）都受景氣衰退所苦。」

● 從（A）～（D）中選出底線單字的同義詞。

☑❷ Bitter <u>disputes</u> have broken out over economic policy.

（A）disasters　　　（B）storms

（C）droughts　　　（D）arguments

---

073 ☑ **retailer** [`ritelɚ] 图「零售商」

反 **whólesàler**「批發商／批發」

動 **retáil**「零售」

形 副 **rétail**「零售的／零售」

例 I have been working at a **retail** store for seven years.

「我已經在零售商店工作七年了。」

074 ☑ **wholesaler** [`hol‚selɚ]

图「批發商」

例 He bought them directly from the **wholesaler**.

「他直接向批發商買進這些商品。」

反 **rétàiler**「零售商」

動 **whólesàle**「批發」

形 副 **whólesàle**「批發的／批發」

075 ☐ **dispute** [dɪˋspjut]

名「**爭執／爭論**」

他 自「**爭執／爭論**」

類 **árgument / debáte**「爭執／爭論」

076 ☐ **tax break** [tæks brek]

名「**所得稅寬減額／減稅措施**」

例 There are huge **tax breaks** for small business.

「小型企業有很大的所得稅寬減額。」

077 ☐ **liaison** [ˌlɪeˋzɑn]

名「**聯絡／擔任聯絡工作的人**」

例 He acts as a **liaison** between the board and the president.

「他擔任董事會與總裁之間的聯絡人。」

類 **cóntact**「聯絡」

解答

❶ 零售商

❷ （D）（A）disaster「災害」／（B）storm

「暴風雨」／（C）drought「乾旱」（➡124）／

（D）argument「爭執」

譯「經濟政策引發激烈的爭論。」

主題 14　名詞（14）商用語

- ●將句中劃底線的單字譯成中文填入空格。
- ☑❶ What can we do to reduce turnover?

  「我們可以做些什麼來降低（　　　）？」
- ●從（A）～（D）中選出最適當的選項填入空格裡。
- ☑❷ He contributed to the company's rapid growth during his (　　) of office.

  （A）tenure　　　　（B）convention

  （C）appraisal　　　（D）advertisementt

---

078 ☑ **turnover** [`tɝn͵ovɚ]

　　图「**離職率**／（資本、商品的）**流動率**」

079 ☑ **diploma** [dɪ`plomə]

　　图「**畢業文憑**」

　例 She received a college **diploma** two years ago.

　　「她兩年前取得大學畢業文憑。」

080 ☑ **trustee** [trʌs`ti]

　　图「（大學等的）**理事**」

　例 He was appointed a **trustee** of the university.

　　「他被指派為大學理事會的理事。」

　類 **admínistràtor**「理事」

081 ☑ **chamber** [`tʃembə·]

　名「**會館／會議廳**」

例 The **chamber** of commerce is located on the main street.

　「商會座落於主要街道。」

⏱ **a chamber of cómmerce**為「商會」之意。

082 ☑ **tenure** [`tɛnjə·]

　名「**任期／（不動產等的）擁有期間**」

083 ☑ **convention** [kən`vɛnʃən]

　名 ❶「**大會／會議**」

　　❷「**慣例／常規**」

例 She went to New York to attend the **convention**.

　「她去紐約參加一場會議。」

類 **cónference / méeting**「大會／會議」

　cústom「慣例」

解答

❶ 離職率

❷（A）（B）convention「會議／常規」（➡083）／

　　（C）appraisal「評價」（➡009）／

　　（D）advertisement「廣告」

譯「他在任職期間對公司的快速成長有所貢獻。」

- 將句中劃底線的單字譯成中文填入空格。

☐❶ We need to alter the <u>clause</u>.

「我們需要改變（　　　）。」

- 從（A）～（D）中選出底線單字的同義詞。

☐❷ She has a <u>flair</u> for designing clothes.

（A）right 　　　　（B）talent

（C）company 　　（D）supporter

---

084 ☐ **flair** [flɛr]

　　图「才能／能力／才氣」

圐 **tálent / áptitùde**「天資」

085 ☐ **delegate** 图 [ˋdɛləgɪt] 他 [ˋdɛləˌget]

　　图「代表人」

　　他 ❶「委派～為代表」

　　　 ❷「授予（權限等）」

例 Our company sent two **delegates** to the conference.

　「我們的公司派了兩名代表人出席會議。」

圐 **rèpreséntative**「代表人」

086 ☐ **clause** [klɔz]

　　图「（契約、條約等的）**條款**」

087 ☑ **keynote speech** [`ki͵not spitʃ]
　　名「**基本政策演說**」

例 Mr. Howard gave the **keynote speech** at the conference.

　　「霍華先生在會議上進行基本政策演說。」

類 **kéynote addréss**「基本政策演說」
相關 **kéynote spéaker**「基本政策演說者」

088 ☑ **deregulation** [dɪ`rɛgjʊ͵leʃən]
　　名「**撤銷管制規定**」

例 The government should promote **deregulation** in various fields.

　　「政府應推動各領域撤銷管制規定。」

反 **règulátion**「管制」
動 **derégulàte**「解除對～的管制」

089 ☑ **logistics** [lo`dʒɪstɪks] 名「**物流**」

例 They built a **logistics** center in Shanghai.

　　「他們在上海蓋了一家物流中心。」

解答

❶ 條款

❷（B）（A）right「權利」（➡❷659）／（B）talent
「天資」／（C）company「公司」／
（D）supporter「支援者」

譯「她有設計服裝的才能。」

- 將句中劃底線的單字譯成中文填入空格。

☐❶ They should be given adequate <u>remuneration</u>.

「他們應該被給予足夠的（　　　）。」

- 從（A）～（D）中選出底線單字的同義詞。

☐❷ He pointed out the <u>discrepancy</u> between the two reports.

（A）contribution　　（B）relationship

（C）similarity　　（D）difference

---

090 ☐ **remuneration** [rɪ͵mjunə`reʃən]

图「報酬／薪資」

類 **rewárd**「報酬」

páy / páyment / sálary / wáge「薪資」

動 **remúneràte**「給予（人）報酬」

091 ☐ **compensation** [͵kɑmpən`seʃən]

图「補償／補償金／彌補／報酬」

例 He demanded **compensation** for the loss.

「他要求賠償損失。」

動 **cómpensàte**「補償／彌補」

類 **remùnerátion**「報酬」

092 ☑ **proprietor** [prə`praɪətə-]

图「（企業、不動產等的）**業主**」

例 Please contact the **proprietor** for further details.

「請聯絡業主以了解詳情。」

類 **ówner**「所有人」

lándòwner「地主」

形 **propríetàry**「業主的」

093 ☑ **discrepancy** [dɪ`skrɛpənsɪ]

图「**不一致／差異／矛盾之處**」

類 **dífference**「差異」

094 ☑ **insider** [`ɪn`saɪdə-]

图「**內部的人／業內人士**」

例 All the **insiders** knew that the company was about to be sold.

「所有內部的人都知道這家公司即將被出售。」

反 **òutsíder**「外部的人／業外人士」

形 副 介 **ínsíde**「內部的／內側／在～裡面」

解答

❶ 報酬〔薪資〕

❷（D）（A）contribution「貢獻」／（B）relationship「關係」／（C）similarity「相似點」（➡❶238）／（D）difference「差異」

譯「他指出這兩份報告之間的差異。」

- 將句中劃底線的單字譯成中文填入空格。

☑❶ He is in charge of <u>procurement</u>.

　　「他負責（　　　）。」

- 從（A）～（D）中選出底線單字的同義詞。

☑❷ They refused to accept the <u>proposition</u>.

　　（A）promotion　　　（B）proposal

　　（C）objection　　　（D）objective

---

095 ☑ **procurement** [pro`kjurmənt]

　图「籌措／獲得／採購」

動 **procúre**「籌措／獲得」

096 ☑ **proposition** [ˌprɑpə`zɪʃən]

　图「提案／論點／計畫」

類 **propósal / suggéstion**「提案」

動 **propóse**「提出」

097 ☑ **quota** [`kwotə]

　图「配額／定額／限額」

例 I've done my **quota** of work for today.

「我已經完成今天的配額工作。」

類 **àllocátion / assígnment**「分配」

098 ☑ **royalty** [`rɔɪəltɪ]

名 ❶「版稅／專利使用費」 ❷「王族」

例 She received book **royalties** of $1,000 last year.

「她去年收到1,000美元的書本版稅。」

形 **róyal**「王的／王室的」

099 ☑ **backorder** [`bæk`ɔrdə]

名「缺貨訂單」他 自「缺貨訂購」

例 This product is on **backorder**.

「這項產品成了缺貨訂單。」

⏱ 也可寫成**back order**。

100 ☑ **drawback** [`drɔ͵bæk]

名「缺點／短處」

例 The main **drawback** of this method is the cost associated with its implementation.

「這種方法的主要缺點是，要將它付諸實現的相關成本。」

類 **dìsadvántage**「短處」

解答

❶ 採購

❷ （B）（A）promotion「晉升」（➡❷037）／（B）proposal「提案」（➡❶058）／（C）objection「反對」／（D）objective「目標」（➡❷198）

譯「他們拒絕接受該提案。」

名詞（18）商用語

● 將句中劃底線的單字譯成中文填入空格。

☐❶ There is no <u>precedent</u> for an attempt of this kind.

「這一種嘗試尚無（　　　）。」

● 從（A）～（D）中選出底線單字的同義詞。

☐❷ His statement aroused much <u>controversy</u>.

（A）compromise　　（B）audience
（C）argument　　（D）backlog

---

101 ☐ **precedent** [`prɛsədənt]

　图「先例／前例」形「在前的／在先的」

102 ☐ **controversy** [`kɑntrəˌvɝsɪ]

　图「爭論／爭議」

類 **dispúte**「爭論」、**árgument / debáte**「辯論」
形 **cóntrovérsial**「爭論的」

103 ☐ **transcript** [`trænˌskrɪpt]

　图「副本／影本」

例 This is a **transcript** of the document.

「這是該文件的副本。」

類 **cópy**「副本／影本」
動 **transcríbe**「謄寫／抄寫」

104 ☑ **leaflet** [`liflɪt]

名「**廣告傳單／單張印刷品**」

例 They handed out **leaflets** in front of the store.

「他們在店門前發廣告傳單。」

類 **flíer / flýer**「廣告傳單」

pámphlet / brochúre「小冊子」

105 ☑ **affiliation** [ə̩fɪlɪ`eʃən]

名「**聯繫／合作關係**」

例 We have no **affiliation** with any political party.

「我們與任何政黨都無關。」

動 **affíliate**「與～緊密聯繫」

形 **affíliated**「緊密聯繫的」

106 ☑ **backlog** [`bæk̩lɔg]

名「**未做完的工作／存貨／未處理的事務**」

例 I have to clear a **backlog** of work.

「我必須處理未做完的工作。」

解答

❶ 先例

❷ （C）（A）compromise「妥協」（➡305）／
（B）audience「觀眾」／（C）argument「爭
執」／（D）backlog「未做完的工作」（➡106）

譯「他的聲明引起很大的爭議。」

名詞（19）商用語

- 將句中劃底線的單字譯成中文填入空格。

☐**❶** They are under no <u>obligation</u> to disclose such information.

「他們沒有（　　）公開這種情報。」

- 從（A）～（D）中選出最適當的選項填入空格裡。

☐**❷** Strict (　　) of the rules is enforced.

（A）observation　　（B）observance

（C）observers　　（D）observe

---

107 ☐ **observance** [əb`zɝvəns]

图「**服從（法律等）**」

類 **compliance / obédience**「服從」

動 **obsérve**「遵守（法律等）」

108 ☐ **compliance** [kəm`plaɪəns]

图「**順從／遵守（法令等）**」

例 The study was conducted in **compliance** with the law.

「這項研究是依照法律規定在進行。」

⏱ **in compliance with** 為「依照」之意。

類 **obsérvance / obédience**「順從」

動 **complý**「順從」

形 **compliant**「順從的」

109 ☐ **obligation** [ˌɑbləˋgeʃən] 图 「**義務**」

🕐 **be under no obligation to** V 為「沒有做～的義務」之意。

類 **dúty**「義務」

動 **oblíge**「迫使（人）」

110 ☐ **outlet** [ˋaʊtˌlɛt]

图 ❶「**商店／商行**」❷「**電源插座**」

例 He runs three retail **outlets** in Bangkok.

「他在曼谷經營三家零售商店。」

111 ☐ **closure** [ˋkloʒɚ]

图 「**結束／打烊**」

例 A lot of production companies in this country are facing **closure**.

「這個國家有很多製造業正面臨結束營業。」

類 **shútdòwn**「關門／停工」

動 **clóse**「關／關閉」

解答

❶ 義務

❷ （B）（A）observation「觀察」／（C）observer「觀察員」／（D）observe 動「觀察／遵守（法律等）」（➡ ❶323）

譯 「大家必須嚴守規則。」

- 將句中劃底線的單字譯成中文填入空格。
☐❶ You can get your boarding pass at the ticket counter.

「你可以在票務櫃檯拿到（　　　　）。」

- 從（A）～（D）中選出最適當的選項填入空格裡。
☐❷ Three flight attendants were injured when the plane encountered (　　).

（A）drought　　　　（B）a carousel

（C）an airport　　　（D）turbulence

---

112 ☐ **accommodation** [əˌkɑməˈdeʃən]

名 ❶「住宿／住宿設施」

❷「適應」

例 The price includes flight and **accommodation**.

「這個價格包括機票和住宿。」

動 **accómmodàte**「能容納」

113 ☐ **boarding pass** [ˈbordɪŋ pæs]

名「（飛機的）登記證」

114 ☐ **turbulence** [ˈtɝbjələns]

名「亂流／（社會等的）動亂」

115 ☑ **carousel** [ˌkærʊˈzɛl]

　名「（機場的）**行李運送裝置／旋轉木馬**」

例 He got his bag off the **carousel**.

　「他從行李運送裝置取下行李。」

116 ☑ **steering wheel** [ˈstɪrɪŋ hwil]

　名「（車子的）**方向盤**」

例 She gripped the **steering wheel** tightly with both hands.

　「她雙手緊握住方向盤。」

⏰ **hándle**是指「把手」。

117 ☑ **itinerary** [aɪˈtɪnəˌrɛrɪ]

　名「**旅程（表）**」

例 According to the **itinerary**, we're supposed to leave the hotel at 9:30 a.m.

　「根據行程表，我們應該會在早上9點半離開飯店。」

解答

❶ （你的）登機證

❷ （D）（A）drought「乾旱」（➡124）／
（B）carousel「行李運送裝置」（➡115）／
（C）airport「機場」

譯「飛機遇到亂流時，有三名空服員受傷。」

- 將句中劃底線的單字譯成中文填入空格。

☐❶ He made a <u>stopover</u> at Osaka to see a friend.

「他在大阪（　　　），去看一位朋友。」

- 從（A）～（D）中選出底線單字的同義詞。

☐❷ This <u>voucher</u> entitles you to one free drink.

（A）coupon　　　　（B）shopper

（C）manager　　　　（D）vendor

---

118 ☐ **curb** [kɝb]

名「（人行道旁的）**鑲邊石／路邊**」

他「**抑制**」

例 The car was parked at the **curb**.

「車子停靠在路邊。」

⚠ 注意勿與**cúrve**「曲線／彎曲」混淆！

119 ☐ **stopover** [`stɑp͵ovɚ]

名「**中途下車／（旅行中的）中途停留**」

相關 **stop over**「在中途下車／中途停留」

120 ☐ **voucher** [`vaʊtʃɚ]

名「**優惠券／兌惠券**」

類 **cóupon**「優惠券」

121 ☑ **pastime** [`pæs͵taɪm] 名「**娛樂／消遣**」

例 Shopping is my favorite **pastime**.

「購物是我最喜歡的消遣。」

類 **hóbby**「興趣／愛好」

122 ☑ **vendor** [`vɛndɚ] 名「**（街頭的）小販／賣主**」

例 There are many flower **vendors** in this area.

「這個地區有很多賣花小販。」

123 ☑ **moisture** [`mɔɪstʃɚ] 名「**水分／濕氣**」

例 All plants need **moisture** to live.

「所有的植物都需要水分而活。」

類 **water**「水」、**humídity**「濕氣」

124 ☑ **drought** [draʊt] 名「**乾旱／旱災**」

例 The country was hit by a severe **drought**.

「這個國家遭遇到嚴重的乾旱。」

類 **drý spéll**「乾旱」

解答

❶ 中途停留

❷ （A）（A）coupon「優惠券」（➡❶084）／
（B）shopper「購物者」（➡❶085）／
（C）manager「經營者／部長」／（D）vendor
「（街頭的）小販」（➡122）

譯「你可藉此優待券獲得一杯免費飲料。」

名詞（22）日常用語

- 將句中劃底線的單字譯成中文填入空格。

☐❶ Your hairstyle really suits your outfit.

「你的髮型真適合（　　　）。」

- 從（A）～（D）中選出底線單字的同義詞。

☐❷ He succeeded to his father's estate.

（A）firm　　　　　（B）position

（C）property　　　（D）agency

---

125 ☐ **down payment** [daʊn`pemənt]

图「頭期款」

例 He saved enough money to make a **down payment** on a house.

「他存夠了房子頭期款的錢。」

類 **depósit**「訂金」

126 ☐ **estate** [ɪs`tet] 图「財產／土地」

類 **próperty**「財產」

相關 **réal estàte**「不動產」

127 ☐ **mortgage** [`mɔrgɪdʒ]

图「住宅貸款／抵押（權）」

例 We have paid off the **mortgage** on our home.

「我們已經還清房子的抵押貸款了。」

⊘ 注意 [t] 不發音！

128 ☑ **garment** [ˋɡɑrmənt]

名「（一件）衣服」

例 The country's **garment** industry has developed rapidly in recent years.

「這個國家的服裝產業在近幾年快速成長。」

類 **clóthes / clóthing**「衣服／衣著」

129 ☑ **outfit** [ˋaʊtˏfɪt]

名「全套服裝／全套裝備」

類 **cóstume**「服裝」

130 ☑ **fabric** [ˋfæbrɪk]

名❶「布料」❷「（社會的）結構」

例 We produce **fabrics** for curtains.

「我們生產窗簾用的布料。」

131 ☑ **bulb** [bʌlb]

名❶「電燈泡」❷「球莖」

例 Is it difficult to replace the **bulbs**?

「換電燈泡會很困難嗎？」

解答

❶ 你的服裝

❷ （C）（A）firm「公司」（➜❷051）／（B）position「地位」／（C）property「財產」（➜❷078）／（D）agency「代理商」（➜❶017）

譯「他繼承父親的財產。」

- 將句中劃底線的單字譯成中文填入空格。
☐❶ The man is leaning against the railing.
　　「這名男子正靠在（　　　）上。」
- 從（A）～（D）中選出最適當的選項填入空格裡。
☐❷ You need to call a (　　) and have him repair or replace the pipe.
　　（A）plumber　　　　（B）physician
　　（C）librarian　　　　（D）department

---

132 ☐ **plumber** [ˋplʌmɚ]
　　名「水管工」

133 ☐ **appliance** [əˋplaɪəns]
　　名「器具／電器產品」
例 The store sells a wide range of household **appliances**.
　　「這家店販售很多種家電產品。」

134 ☐ **railing** [ˋrelɪŋ]
　　名「欄杆」
類 **(hand)rail**「欄杆」

135 ☑ **insomnia** [ɪnˋsɑmnɪə] 图「**失眠症**」

例 He has been suffering from **insomnia** for about a year.

「他深受失眠之苦已經約一年了。」

類 **sléeplessness**「失眠」

136 ☑ **prescription** [prɪˋskrɪpʃən] 图「**處方箋**」

例 I went to the pharmacy to get the **prescription** filled.

「我去藥局領取處方箋配藥。」

動 **prescríbe**「開藥方」

137 ☑ **nourishment** [ˋnɝɪʃmənt]

图「（有營養的）**食物／營養品**」

例 Children need proper **nourishment** for healthy development.

「為了健康地成長，孩子需要適當的營養。」

類 **nutrítion**「營養」

動 **nóurish**「給～營養／養育」

解答

❶ 欄杆

❷ （A）（B）physician「內科醫生」／（C）librarian「圖書館員」／（D）department「部門」

（→❷040）

譯「你需要打電話請水管工來修理或換水管了。」

名詞（24）日常用語

● 將句中劃底線的單字譯成中文填入空格。

☑❶ She is allergic to <u>dairy products</u>.

「她對（　　　　）過敏。」

● 從（A）～（D）中選出底線單字的同義詞。

☑❷ I ordered chicken soup as an <u>appetizer</u>.

（A）starter 　　　（B）leftover

（C）main dish 　　（D）dessert

---

138 ☑ **locksmith** [`lɑkˌsmɪθ]

图「鎖匠」

例 I lost my house key, so I had to call a **locksmith**.

「我弄丟家裡鑰匙，所以我必須叫鎖匠來。」

139 ☑ **utensil** [juˋtɛnsḷ]

图「廚房用品／器具」

例 The store has a wide range of kitchen **utensils**.

「這家店有很多種廚房用品。」

140 ☑ **dairy** [`dɛrɪ]

图「乳製品工廠〔商店〕」

形「乳製品的」

141 ☑ **refreshment** [rɪˋfrɛʃmənt]

　　名「簡單茶點」

例 **Refreshments** were offered during the meeting.

　　「會議期間提供簡單茶點。」

142 ☑ **banquet** [ˋbæŋkwɪt]

　　名「宴會」

例 Many people were invited to the **banquet**.

　　「很多人受邀到宴會。」

類 **féast**「宴會」

143 ☑ **appetizer** [ˋæpəˌtaɪzɚ]

　　名「開胃菜（前菜及餐前酒等）」

類 **stárter**「開胃菜」

相關 **éntrée**「主菜」

144 ☑ **leftover** [ˋleftˌovɚ]

　　名「剩餘的飯菜」

例 I ate the **leftovers** for lunch.

　　「我吃剩餘的飯菜當午餐。」

解答

❶ 乳製品

❷ （A）（A）starter「開胃菜」／（B）leftover「剩
　餘的飯菜」（➡144）／（C）(the) main dish「主
　菜」／（D）dessert「甜點」（➡❶165）

譯「我點了雞湯當作前菜。」

- 將句中劃底線的單字譯成中文填入空格。

☑❶ Several fans rushed up to him and asked for his autograph.

「許多粉絲衝到他面前，並索求（　　　）。」

- 從（A）～（D）中選出底線單字的同義詞。

☑❷ This excursion includes a visit to the British Museum.

（A）training 　　　（B）research

（C）trip 　　　　　（D）amenity

---

145 ☑ **excursion** [ɪk`skɝʒən]

图「**短途旅行／小旅行**」

類 **trip**「旅行」

146 ☑ **amenity** [ə`mɛnətɪ]

图「**便利設備／娛樂設施**」

例 This hotel offers **amenities** such as a fitness center and a swimming pool.

「這家飯店提供的設施包括一個健身中心和一個游泳池。」

147 ☑ **autograph** [`ɔtə͵græf]

图「（名人的）**簽名**」

⊘ 一般的「簽名」是指**signature**。

148 ☑ **box office** [bɑks`ɔfɪs]

　　图 ❶「售票室」❷「（電影等）大受歡迎」

　　圏（**box-office**）❶「售票室的」❷「票房的」

　例 The movie was a **box-office** hit.

　　「那部電影票房大賣。」

149 ☑ **ballroom** [`bɔl͵rʊm]

　　图「舞廳／舞蹈場（室）」

　例 The wedding reception was held in the **ballroom** of the Sky Hotel.

　　「婚宴是在天空飯店的舞廳舉行。」

150 ☑ **fuss** [fʌs]

　　图「騷動／大驚小怪」

　例 What is the **fuss** all about?

　　「這場騷動到底是什麼？」

解答

❶ 他的簽名

❷ （C）（A）training「訓練」／（B）research「研究」／（C）trip「旅行」／（D）amenity「娛樂設施」（➡146）

譯「這趟旅行包括參訪大英博物館。」

- 將句中劃底線的單字譯成中文填入空格。

☐❶ This package includes lodging and meals.

「這個套裝行程包括（　　）和餐飲費用。」

- 從（A）～（D）中選出最適當的選項填入空格裡。

☐❷ A glass of wine will be served during the
（　　）.

（A）intermission　　（B）intersection

（C）intonation　　（D）invention

---

151 ☐ **surcharge** [`sɜ,tʃɑrdʒ] 名「**額外費用**」

例 A $25 **surcharge** will be added for national holidays.

「國定假日需要25美元的額外費用。」

152 ☐ **suite** [swit]

名「（飯店的）**套房／附整套設備的房間**」

例 I booked a **suite** at the Holiday Hotel.

「我在假日飯店預約了一間套房。」

153 ☐ **landlord** [`lænd,lɔrd]

名「**房東／**（旅館等的）**主人**」

例 The **landlord** has promised to repair the heater.

「房東已答應整修暖氣。」

154 ☑ **lodging** [`lɑdʒɪŋ]

名「住宿／住宿設施」

類 **accòmmodátion**「住宿設施」

155 ☑ **reunion** [ri`junjən]

名「同學會／重聚」

例 I'm looking forward to the high school **reunion**.

「我很期待高中同學會。」

詞源 re-「再度的」＋union「結合」

156 ☑ **intermission** [ˌɪntɚ`mɪʃən]

名「（演奏會等的）**休息時間／中斷**」

類 **ínterval / bréak**「休息時間」

動 **ìntermít**「暫停」

解答

❶ 住宿

❷（A）（B）intersection「交叉口」（➡❷103）／
（C）intonation「抑揚之聲／聲調」／（D）
invention「發明」

譯「休息期間提供一杯酒。」

名詞（27）日常用語

- 將句中劃底線的單字譯成中文填入空格。

☑❶ Can I have a <u>refill</u> please?

「請問我可以（　　　）嗎？」

- 從（A）～（D）中選出最適當的選項填入空格裡。

☑❷ This soup helps to promote（　　）.

（A）suggestion　　（B）rejection

（C）digestion　　（D）investigation

---

157 ☑ **cuisine** [kwɪˋzin]

　　名「料理／料理方法」

例 The restaurant serves delicious French **cuisine**.

「這家餐廳提供美味的法式料理。」

類 **fóod**「食物」

158 ☑ **feast** [fist] 名「盛宴／筵席」

例 The **feast** is held in early spring.

「該筵席在初春舉辦。」

類 **bánquet**「盛宴／筵席」

159 ☑ **digestion** [dəˋdʒɛstʃən]

　　名「消化」

動 **digést**「消化」

相關 **dígest**「摘要／消化」

160 ☑ **refill** 名 [`ri,fɪl] 他 [ri`fɪl]

　　名「再裝滿／置換品」

　　他「再注滿／再裝填」

　詞源 re-「再度」＋fill「填滿」

161 ☑ **carton** [`kɑrtn]

　　名「紙箱／（裝牛奶等的）紙容器」

例 Will you buy a **carton** of eggs at the grocery store?

　「可以幫我在雜貨店買紙盒裝的雞蛋嗎？」

162 ☑ **nuisance** [`njusn̩s]

　　名「麻煩（行為）／討厭的人〔事物〕」

例 Unwanted commercial email is a **nuisance**.

　「不需要的廣告電子郵件是個麻煩。」

例 Don't make a **nuisance** of yourself.

　「別給自己添麻煩！」

⏱ **make a nuisance of** *oneself* 為「添麻煩」之意，要記住喔！

解答

❶ 續杯

❷ （C）（A）suggestion「提案」（➡❶059）／（B）rejection「拒絕」／（D）investigation「調查」

譯「這種湯有助促進消化。」

名詞（28）日常用語

- 將句中劃底線的單字譯成中文填入空格。
- ☐❶ This <u>detergent</u> is safe for people with sensitive skin.

  「這種（　　）皮膚敏感的人可以安心使用。」
- 從（A）～（D）中選出最適當的選項填入空格裡。
- ☐❷ He ran an（　　）for his wife.

  （A）allowance　　（B）applicant

  （C）athlete　　（D）errand

163 ☐ **errand** [`ɛrənd] 图「**差事／跑腿**」

164 ☐ **toddler** [`tɑdlɚ]

图「（學步的）**小孩／幼童**」

例 The **toddler** pointed to the toy he wanted.

「學步的小孩指著他想要的玩具。」

🕐 **ínfant** 是指學步之前的嬰兒。

165 ☐ **detergent** [dɪ`tɝdʒənt]

图「**清潔劑**」形「**洗淨的**」

166 ☐ **stool** [stul]

图「（無椅背的）**凳子／高腳椅**」

例 A woman is sitting on a **stool** at the bar.

「一位女性正坐在酒吧的高腳椅上。」

167 ☑ **pillow** [ˋpɪlo]

名「枕頭」

例 A good **pillow** is essential in getting a good night's sleep.

「一個好枕頭對於良好的夜間睡眠是不可或缺的。」

168 ☑ **couch** [kaʊtʃ]

名「長椅／沙發／睡椅」

例 He sat on the **couch** and watched TV.

「他坐在長椅上看電視。」

類 **sófa**「沙發」

169 ☑ **faucet** [ˋfɔsɪt]

名「水龍頭／旋塞口」

例 I turned on the **faucet**.

「我打開水龍頭。」

類 **táp**「水龍頭」

解答

❶ 清潔劑

❷ （D）（A）allowance「津貼」（➡❷059）／
（B）applicant「應徵者」（➡❷013）／
（C）athlete「運動員」（➡❶128）

譯「他幫老婆跑腿。」

名詞（29）日常用語

- 將句中劃底線的單字譯成中文填入空格。
- ☐ ❶ Last night, there was heavy <u>precipitation</u> throughout the country.

  「昨晚全國皆有豪大（　　）。」
- 從（A）～（D）中選出底線單字的同義詞。
- ☐ ❷ She could not hide her <u>grief</u>.

  （A）incident　　　　（B）sorrow

  （C）secret　　　　　（D）property

---

170 ☐ **temper** [`tɛmpɚ]

　图 ❶「脾氣／暴躁」❷「性情」

　他「使溫和」

例 He tried to control his **temper**.

　「他試著控制他的脾氣。」

片 **lose** *one's* **témper**「勃然大怒／生氣」

keep *one's* **témper**「抑制怒氣／保持冷靜」

171 ☐ **tuition** [tju`ɪʃən]

　图「學費」

例 This fee includes **tuition**, housing and all meals.

　「這筆費用包括學費、住宿費，以及所有伙食費。」

類 **tuítion fèe**「學費」

172 ☑ **precipitation** [prɪ͵sɪpɪˋteʃən]

　　图「雨／降雨量」

173 ☑ **flattery** [ˋflætərɪ]

　　图「（說）恭維的話／諂媚」

　例 He often uses **flattery** to win favor with his boss.

　　「他經常說恭維的話討好他的上司。」

174 ☑ **rage** [redʒ]

　　图「盛怒／憤怒」国「盛怒」

　例 He left the room in a **rage**.

　　「他氣到離開房間。」

　類 **fúry**「盛怒」、**ánger**「生氣」

175 ☑ **grief** [grif]

　　图「悲傷／悲痛」

　類 **sórrow**「悲傷」

　動 **gríeve**「感到悲傷／使（人）悲傷」

解答

❶ 雨

❷（B）（A）incident「事件」（➡❷204）／
　（B）sorrow「悲傷」／（C）secret「秘密」／
　（D）property「財產」（➡❷078）

譯「她無法隱藏她的悲傷。」

名詞（30）日常用語

- 將句中劃底線的單字譯成中文填入空格。
☐❶ You have to take your dog to the veterinarian as soon as possible.

  「你必須盡快帶你的狗去看（　　　）。」
- 從（A）～（D）中選出底線單字的同義詞。
☐❷ She had surgery to remove a tumor.

  （A）operation　　　（B）vaccination
  （C）checkup　　　　（D）examination

176 ☐ **surgery** [`sɝdʒərɪ]

图「（外科）手術／外科」

類 **òperátion**「手術」

相關 **súrgeon**「外科醫生」

177 ☐ **surgeon** [`sɝdʒən] 图「**外科醫生**」

例 The **surgeon** performed two operations yesterday.

「這位外科醫生昨天完成了兩項手術。」

形 **súrgical**「外科的／外科醫生的」

相關 **súrgery**「（外科）手術／外科」

178 ☐ **veterinarian** [ˌvɛtərəˈnɛrɪən] 图「**獸醫**」

⏀ 縮寫為 **vet**。

類 **véterinary sùrgeon**「獸醫」

形 **véterinary**「獸醫（學）的」

179 ☑ **pharmacist** [ˋfɑrməsɪst]

   图「**藥劑師**」

例 I waited for the **pharmacist** to fill my prescription.

   「我等藥劑師調配我的處方藥。」

形 **phàrmacéutical**「藥局的／藥學的」

相關 **phármacy**「藥局／藥學」

180 ☑ **vaccination** [ˏvæksnˋeʃən]

   图「**預防接種**」

例 You should receive the influenza **vaccination**.

   「你該接受流感預防接種了。」

動 **váccinàte**「給～注射疫苗」

相關 **vaccíne**「疫苗」

解答

❶ 獸醫

❷ （A）（A）operation「手術」（➡❶056）若為「手術」之意，則是可數名詞，放入句子中應寫成 She had an operation...。／（B）vaccination「預防接種」（➡180）／（C）checkup「健康檢查」（➡❷137）／（D）examination「檢查／測驗」

譯「她做了手術割除腫瘤。」

名詞（31）日常用語

- 將句中劃底線的單字譯成中文填入空格。
☐ ❶ The shirt has a small <u>stain</u> on the collar.
　　「這件襯衫有一個小（　　）在衣領上。」
- 從（A）～（D）中選出底線單字的同義詞。
☐ ❷ What is the best <u>therapy</u> for the patient?
　　（A）surgeon　　　（B）treatment
　　（C）time　　　　（D）dentist

181 ☐ **dose** [dos]
　　名「（一回的）服用量」
例 Take a **dose** of medicine three times a day.
　　「一天服藥三次，每次一回的服用量。」

182 ☐ **therapy** [ˈθɛrəpɪ]
　　名「治療／療法」
類 **tréatment / cúre / rémedy**「治療（法）」
形 **thèrapéutic**「治療（法）的」
相關 **thérapist**「治療學家／特定療法專家」

183 ☐ **broom** [brum] 名「掃帚」
例 There is a **broom** in the corner of the room.
　　「房間的角落有一把掃帚。」

184 ☑ **stain** [sten]

名「**汙點／污漬**」

他「**弄髒**」自「**變髒**」

類 **spot**「污點／弄髒」

185 ☑ **chore** [tʃor]

名「**家事雜務／日常事務**（掃除、刷洗等）」

例 I'm tired of doing household **chores**.

「我厭倦了做家事。」

186 ☑ **sewage** [ˋsjuɪdʒ] 名「**汙水／污穢物**」

例 The town is planning to build a **sewage** treatment plant.

「這個城鎮正計畫蓋一座汙水處理廠。」

相關 **séwer**「下水道」

187 ☑ **chimney** [ˋtʃɪmnɪ] 名「**煙囪**」

例 Smoke is rising from the **chimney**.

「煙霧正從煙囪升起。」

解答

❶ 汙點

❷ （B）（A）surgeon「外科醫生」（➡177）／
（B）treatment「治療」／（C）time「時間」／
（D）dentist「牙醫」（➡❶076）

譯「對病人來說，最好的治療是什麼？」

名詞（32）一般用語

- 將句中劃底線的單字譯成中文填入空格。

☐❶ Technological <u>breakthroughs</u> have changed our lives dramatically in a short period of time.

「科技的（　　　）已經在短期內戲劇化地改變我們的生活。」

- 從（A）～（D）中選出底線單字的同義詞。

☐❷ This car has some mechanical <u>defects</u>.

（A）innovation　　（B）techniques

（C）faults　　　　（D）advantages

---

188 ☐ **breakthrough** [`brek͵θru] 图「**大突破**」

類 **léap**「大躍進」

189 ☐ **admiration** [͵ædmə`reʃən] 图「**欽佩／讚美**」

例 I feel great **admiration** for her efforts.

「對於她的努力我深表佩服。」

動 **admíre**「欽佩／稱讚」

190 ☐ **tribute** [`trɪbjut] 图「**讚賞／貢物**」

例 They paid **tribute** to his courage.

「他們對他的勇氣表示讚賞。」

類 **práise**「讚美」

191 ☑ **empathy** [ˈɛmpəθɪ] 名「同感／移情」

例 I felt a lot of **empathy** for the speaker.

「我對該演講者頗有同感。」

192 ☑ **counterpart** [ˈkaʊntəˌpɑrt]
名「對應的物〔人〕」

例 The Iranian Minister met with his French **counterpart**.

「伊朗外交部長與法國外交部長〔同等地位的人〕會面。」

193 ☑ **defect** [ˈdɪˌfɛkt] 名「缺陷／缺點」

類 **fáult / shórtcòming**「缺陷／缺點」

194 ☑ **novice** [ˈnɑvɪs] 名「初學者」

例 This software is easy even for a **novice**.

「這個軟體即使是對初學者也很簡單。」

類 **begínner**「初學者」

解答

❶ 大突破

❷ （C）（A）innovation「創新／改革」／
（B）technique「技術」／（C）fault「缺陷」／
（D）advantage「優點」（➡❶235）

譯「這台車有機械方面的缺陷。」

第
3
章

● 將句中劃底線的單字譯成中文填入空格。

☐**❶** They must face the consequences of their actions.

「他們必須面對自己的行為引發的（　　　）。」

● 從（A）～（D）中選出底線單字的同義詞。

☐**❷** The Internet has added a new dimension to the problem.

（A）technology 　　（B）aspect

（C）solution 　　（D）cure

---

195 ☐ **discretion** [dɪ`skrɛʃən]

图「決定權／自行斟酌／考慮周到」

例 The decision is at the **discretion** of each branch manager.

「這個決定由每個分公司經理自行斟酌。」

形 **discréet**「通達事理／謹慎的」

196 ☐ **commitment** [kə`mɪtmənt]

图「承諾／獻身」

例 The employees have demonstrated a **commitment** to the company.

「員工們已經向公司做出承諾。」

類 **devótion** / **dèdicátion**「獻身」

動 **commít**「委託／犯（錯）」
相關 **commíttee**「委員會」

197 ☑ **consequence** [ˋkɑnsəˌkwɛns]
　　名「**結果／後果**」
類 **resúlt / efféct**「結果」
形 **cónsequènt**「因～結果而引起的／隨之發生的」

198 ☑ **dimension** [dɪˋmɛnʃən]
　　名「**方面／情況／尺寸**」
類 **aspéct**「方面」

199 ☑ **duration** [djʊˋreʃən]
　　名「**持續期間〔時間〕**」
例 They've decided to extend the **duration** of the contract.
　　「他們決定延長契約時間。」
介 **dúring**「在～間」

解答
❶ 結果
❷ （B）（A）technology「科技」／（B）aspect「方面」（➡❷177）／（C）solution「解決辦法」（➡❷092）／（D）cure「治療」
譯「網際網路為該問題增加了一個新局面。」

名詞（34）一般用語

- 將句中劃底線的單字譯成中文填入空格。

☐❶ List them in descending order of importance.

「請依重要程度（　　）列出。」

- 從（A）～（D）中選出底線單字的同義詞。

☐❷ The river is about eighty meters in breadth.

（A）deep　　　　（B）depth

（C）length　　　（D）width

---

200 ☐ **discipline** [`dɪsəplɪn]

图「紀律／教養／訓練」

他「訓練」

例 The teacher said that some students lacked **discipline**.

「老師說有些學生欠缺紀律。」

類 **tráining**「訓練」、**tráin**「訓練」

201 ☐ **descending order** [dɪ`sɛndɪŋ `ɔrdɚ]

图「下降順序」

類 **ascénding órder**「上升順序」

相關 **descénd**「下來／下降」

202 ☐ **breadth** [brɛdθ]

图「幅度／寬度」

類 **wídth**「幅度／寬度」

203 ☐ **bias** [`baɪəs]

图「偏見／成見／（內心的）傾向」

例 She has a **bias** toward[against] him.

「她對他持有好感〔有所偏見〕。」

類 **préjudice**「偏見／成見」（prejudice沒有像「好感」般肯定的含意）

204 ☐ **heritage** [`hɛrətɪdʒ]

图「遺產／傳統」

例 We need to preserve our cultural **heritage** for future generations.

「為了未來的世代，我們需要保護我們的文化遺產。」

類 **tradítion**「傳統」

205 ☐ **disruption** [dɪs`rʌpʃən]

图「分裂／崩潰／斷絕」

例 The earthquake caused **disruption** to power supplies in this area.

「地震導致這個地區斷電。」

解答

❶ 由高至低

❷ （D）（A）deep 形「深的」／（B）depth「深度」／（C）length「長度」／（D）width「寬度」

譯「這條河約有八十米寬。」

名詞（35）一般用語

- 將句中劃底線的單字譯成中文填入空格。

☐❶ The possession of alcoholic beverages is prohibited <u>on the premises</u>.

「禁止攜帶含酒精飲料到（　　）。」

- 從（A）～（D）中選出最適當的選項填入空格裡。

☐❷ An （　　） of flu has occurred in the area.

（A）outbreak　　（B）outcome

（C）outline　　（D）output

---

206 ☐ **outbreak** [ˋaʊtˌbrek]

名「突發／爆發」

相關 **bréak óut**「發生」

207 ☐ **epidemic** [ˌɛpɪˋdɛmɪk]

名「傳染病／（流行病的）傳播」

形「傳染性的」

例 The **epidemic** has swept over the country.

「傳染病已席捲全國各地。」

208 ☐ **premise** [ˋprɛmɪs]

名❶（premises）「整個建築範圍／場內」

❷「前提」

類 **assúmption**「前提」

209 ☑ **proximity** [prɑk`sɪmətɪ]

図「**鄰近**」

例 He lives in close **proximity** to the airport.

「他住在機場附近。」

類 **clóseness / néarness**「接近」

形 **próximate**「最近的」

210 ☑ **precaution** [prɪ`kɔʃən]

図「**預防措施／謹慎**」

例 She took the **precaution** of wearing a helmet.

「她做好戴安全帽的預防措施。」

類 **cáution**「謹慎」

形 **precáutious**「戒備的」

211 ☑ **negligence** [`nɛglɪdʒəns] 図「**疏忽／粗心**」

例 The accident was caused by his **negligence**.

「該事故係由他的疏忽所致。」

類 **cárelessness**「疏忽」、**negléct**「粗心」

形 **négligent**「疏忽的／粗心的」

解答

❶ 場內

❷ （A）（B）outcome「結果」（➡056）／

（C）outline「概略／略述」（➡❷370）／

（D）output「產量」（➡057）

譯「該地區爆發流感。」

名詞（36）一般用語

- 將句中劃底線的單字譯成中文填入空格。
- ☐❶ He used to work at the US <u>embassy</u> in Tokyo.

   「他曾經在東京的（　　　）工作。」
- 從（A）～（D）中選出底線單字的同義詞。
- ☐❷ This is an <u>excerpt</u> from his speech.

   （A）quotation 　　　（B）summary

   （C）judgement 　　　（D）feedback

---

212 ☐ **embassy** [`ɛmbəsɪ]

　　图「大使館」

相關 **ambássador**「大使」

213 ☐ **detour** [`ditʊr]

　　图「繞道／繞行的路」

例 We had to make a **detour** due to road work.

　　「由於道路施工，我們必須繞遠路。」

214 ☐ **craft** [kræft]

　　图「工藝（品）／技能／船／飛機」

例 You can buy local **crafts** on the second floor.

　　「你可以在二樓買到當地的工藝品。」

相關 **áircràft**「飛機」

215 ☐ **freight** [fret] 图「貨物／貨運」

例 A **freight** train collided with a passenger train early in the morning.

「今天清晨一列貨運火車與一列客運火車相撞。」

類 **cárgo**「貨物」

216 ☐ **excerpt** [`ɪkˌsɝpt] 图「引用／摘錄」

類 **extráct / quotátion**「引用」

217 ☐ **quotation** [kwo`teʃən]

图 ❶「引用」❷「報價（單）」

例 Can you give me a **quotation** for house repairs?

「你可以給我房屋整修的報價單嗎？」

類 **extráct / éxcerpt**「引用」、**éstimàte**「估價」

動 **quóte**「報價／引用」

218 ☐ **hypothesis** [haɪ`pɑθəsɪs] 图「假設」

例 He found evidence to support his **hypothesis**.

「他找出證據來支持他的假設。」

⚠ 複數寫法為**hypotheses** [haɪ`pɑθəsiz]。

解答

❶ 美國大使館

❷ （A）（B）summary「摘要」（➡❷208）／（C）judgement「判斷」／（D）feedback「感想」（➡051）

譯「這摘引自他的演講。」

● 將句中劃底線的單字譯成中文填入空格。

☑❶ He was sued for <u>fraud</u>.

「他被控告（　　　）。」

● 從（A）～（D）中選出底線單字的同義詞。

☑❷ The government reduced the <u>tariff</u> on imported vehicles.

（A）rule 　　　　（B）regulation

（C）duty 　　　　（D）number

---

219 ☑ **tariff** [ˋtærɪf] 图「**關稅（率）**」

類 **dúty / cústom(s)**「關稅」

220 ☑ **legislation** [ˌlɛdʒɪsˋleʃən]
图「**立法／法律**」

例 The committee has approved the **legislation**.

「委員會已經核准該法規。」

類 **láw**「法律」

動 **législàte**「制定（法律）」

221 ☑ **fraud** [frɔd] 图「**詐欺（行為）**」

222 ☑ **malfunction** [mælˋfʌŋʃən]
图「**不正常／故障**」 自「**運作失常**」

例 Some parts were replaced because of a **malfunction**.

「一些零件因為故障而被換掉」

反 **fúnction**「（確實地）運作」

223 ☑ **vicinity** [vəˋsɪnətɪ] 名「附近／周邊」

例 My office is located in the **vicinity** of the park.

「我的辦公室位在公園附近。」

類 **néighborhòod**「鄰近地區」

224 ☑ **phenomenon** [fəˋnɑməˌnɑn] 名「現象」

例 They explained the **phenomenon** scientifically.

「他們從科學角度來解釋該現象。」

⚠ 複數寫法為**phenomena** [fəˋnɑməˌnə]。

225 ☑ **court** [kort]

名 ❶「審判／法院」 ❷「庭院」
❸「（網球等的）場地」

例 The matter has been brought to **court**.

「此事已提交法院。」

解答

❶ 詐欺

❷ （C）（A）rule「規則」／（B）regulation「規定／
規則」（➡❷084）／（C）duty「關稅／義務」
（➡❶041）／（D）number「數字」

譯 「政府降低進口車輛的關稅。」

名詞（38）一般用語

- 將句中劃底線的單字譯成中文填入空格。

□❶ The <u>ventilation</u> system isn't working properly.

「（　　　）系統不能正常運作。」

- 從（A）～（D）中選出最適當的選項填入空格裡。

□❷ These species are in danger of (　　　).

（A）existence　　　（B）exempt

（C）explanation　　（D）extinction

---

226 ☐ **ventilation** [ˌvɛntḷˋeʃən]

　　图「**通風**」

動 **véntilate**「使通風」

227 ☐ **ingredient** [ɪnˋgridɪənt]

　　图「**材料／成分／構成要素**」

例 Mix all the **ingredients** together in a bowl.

「把所有材料放入碗中混合。」

類 **constítuent**「成分」

228 ☐ **extinction** [ɪkˋstɪŋkʃən]

　　图「**滅絕**」

動 **extínguish**「使消失」

形 **extínct**「絕種的」

相關 **díe óut**「絕跡」

229 ☐ **endeavor** [ɪnˋdɛvɚ]
　　名「努力／企圖」
　例 We have made every **endeavor** to improve the quality of our services.
　　「我們已經盡所有的努力來改善我們的服務品質。」
　類 **éffort**「努力」、**attémpt**「企圖」

230 ☐ **segment** [ˋsɛgmənt]
　　名「部分／區分」
　例 Tourism is the largest **segment** of the economy in the country.
　　「旅遊業占了該國經濟最大部分。」
　類 **divísion**「區分」

231 ☐ **decor** [deˋkɔr]
　　名「室內裝飾／內部裝潢」
　例 The **decor** of the restaurant is elegant.
　　「餐廳的裝飾很優雅。」
　類 **dècorátion**「裝飾」

第3章

解答

❶ 通風

❷ （D）（A）existence「存在」（➡❶180）／
　　（B）exempt「被免除的」（➡626）／
　　（C）explanation「說明」（➡❶197）
　譯「這些品種面臨絕種的危機。」

名詞（39）一般用語

● 將句中劃底線的單字譯成中文填入空格。

☐❶ Be sure to ask about insurance <u>coverage</u>.

「一定要詢問有關保險的（　　　）。」

● 從（A）～（D）中選出底線單字的同義詞。

☐❷ This camera has a one-year <u>warranty</u>.

（A）use 　　　　　（B）usage

（C）specification （D）guarantee

---

232 ☐ **scope** [skop]

图「**範圍／領域／眼界**」

例 This problem is beyond our **scope**.

「這個問題超出我們的領域。」

類 **ránge / extént**「範圍」

233 ☐ **strain** [stren]

图「**過勞／沉重壓力**」

他 自「（身體）**扭傷／緊拉／使勁全力**」

例 I can't stand the **strain** of the job.

「我無法忍受工作的沉重壓力。」

類 **óverwòrk**「過勞」

234 ☐ **textile** [`tɛkstaɪl]

图「**紡織品／布料**」

例 The country's **textile** industry is now growing rapidly.

「這個國家的紡織業正急速成長。」

類 **clóth**「布料」

235 ☑ **specification** [ˌspɛsəfə`keʃən]

名「計劃書／規格明細單」

例 The building was built exactly to our **specifications**.

「這棟建築完全如我們的計劃書所建。」

236 ☑ **warranty** [`wɔrəntɪ] 名「保證（書）」

類 **guàrantée**「保證（書）」

237 ☑ **coverage** [`kʌvərɪdʒ]

名 ❶「理賠範圍」 ❷「新聞報導」

238 ☑ **altitude** [`æltəˌtjud] 名「高度／海拔」

例 We are flying at an **altitude** of 30,000 feet.

「我們正飛行在30,000英尺的高空。」

類 **héight**「高度／海拔」

解答

❶ 理賠範圍

❷ （D）（A）use「使用」／（B）usage「用法」／（C）specification「計劃書」（➡235）／（D）guarantee「保證」（➡❷276）

譯「這台相機有一年的保固。」

名詞（40）一般用語

> ● 將句中劃底線的單字譯成中文填入空格。
>
> ☐ **❶** We have to prepare for every contingency.
> 「我們必須為每一件（　　　）做好準備。」
>
> ● 從（A）～（D）中選出底線單字的同義詞。
>
> ☐ **❷** There were no casualties in the fire.
> 　（A）victims　　　　（B）criminals
> 　（C）possibilities　　（D）expectations

239 ☐ **casualty** [`kæʒjʊəltɪ]
　　名「死傷者／受害者／犧牲者」
　類 **víctim**「被害者／犧牲者」

240 ☐ **contingency** [kən`tɪndʒənsɪ]
　　名「不測事件／意外事故」
　形 **contíngent (on ~)**「視～條件而定」

241 ☐ **transit** [`trænsɪt]
　　名「通過／轉乘／運送」
　例 The goods were damaged in **transit**.
　　「商品在運送途中受損了。」
　類 **tránsport / trànsportátion**「運送」
　動 **transpórt**「運送／運輸」
　相關 **transítion**「變遷／轉變」

242 ☑ **coincidence** [ko`ɪnsɪdəns]

名 ❶「同時發生」

❷「（巧合的）一致」

例 It was a nice **coincidence** that we were there at the same time.

「我們同時都在那，真是太巧了。」

動 **còincíde**「同時發生／一致」

形 **coíncident**「同時發生的／一致的」

243 ☑ **delinquency** [dɪ`lɪŋkwənsɪ]

名 ❶「（青少年的）犯罪／違法行為」

❷「不履行／懈怠」

例 Juvenile **delinquency** is one of the most serious social problems today.

「青少年的犯罪是現今最嚴重的社會問題之一。」

形 **delínquent**「怠忽職守的／犯罪的」

類 **críme**「犯罪」

négligence「懈怠」

解答

❶ 不測事件

❷ （A）（A）victim「犧牲者」／（B）criminal「犯人」／（C）possibility「可能性」／（D）expectation「預期」（➡❷203）

譯 「這場火災沒有任何傷亡。」

名詞（41）一般用語

● 將句中劃底線的單字譯成中文填入空格。

☐❶ His remarks caused a <u>disturbance</u>.

「他的言論引起一陣（　　　）。」

● 從（A）～（D）中選出底線單字的同義詞。

☐❷ This basic model has some serious <u>shortcomings</u>.

（A）discrepancies 　　（B）violations

（C）defects 　　（D）digits

---

244 ☐ **aftermath** [`æftɚ͵mæθ]

图「（災害等的）**餘波／後果**」

例 In the **aftermath** of the earthquake, people suffered from hunger.

「地震之後，人們受到飢餓之苦。」

245 ☐ **shortcoming** [`ʃɔrt͵kʌmɪŋ]

图「**缺點／短處／不足的地方**」

類 **défect / fáult**「缺點／短處」

相關 **come short**「未達到（目標、標準等）」

246 ☐ **oversight** [`ovɚ͵saɪt] 图「**失察／疏忽出錯**」

例 He is not on the list due to an **oversight**.

「由於疏忽導致他不在名單內。」

94

類 **cárelessness**「粗心」
mistáke / érror「錯誤／過失」

247 ☑ **disturbance** [dɪs`tɝ-bəns]
名「**騷動／擾亂**」
類 **disórder / tróuble**「騷動」
動 **distúrb**「擾亂／打擾」

248 ☑ **verdict** [`vɝ-dɪkt]
名「（陪審團的）**裁定**／（一般的）**判斷**」
例 The jury brought in a **verdict** of guilty.
「陪審團裁定有罪。」
類 **júdgement**「（審判官下的）裁決／判斷」
相關 **júry**「陪審團」

249 ☑ **digit** [`dɪdʒɪt]
名「**位數／數字**」
例 Please enter the four-**digit** number printed on the front of the card.
「請輸入印在卡片正面的四位數字。」

解答
❶ 騷動
❷ （C）（A）discrepancy「不一致」（➡093）／（B）violation「違反」／（C）defect「缺陷」（➡193）／（D）digit「位數」（➡249）
譯「這個基本模型有一些嚴重缺陷。」

名詞（42）一般用語

● 將句中劃底線的單字譯成中文填入空格。

□❶ This **ritual** takes place every Saturday.

「這個（　　）每週六舉行。」

● 從（A）～（D）中選出底線單字的同義詞。

□❷ I have never questioned his **integrity**.

（A）innocence　　　（B）honesty

（C）cooperation　　（D）support

250 □ **standstill** [`stænd͵stɪl]

图「停止／停滯不前」

例 His business is at a **standstill**.

「他的生意停滯不前。」

類 **hált / stóp**「停止」

251 □ **impasse** [`ɪmpæs] 图「停滯不前／僵局」

例 The negotiation has reached an **impasse**.

「談判陷入僵局。」

類 **déadlòck**「僵局」

252 □ **deterioration** [dɪ͵tɪrɪə`reʃən]

图「惡化／下降／衰退」

例 I have noticed a **deterioration** in my memory.

「我注意到我的記憶力衰退了。」

類 **declíne**「下降」
動 **detérioràte**「惡化／使惡化」

253 ☑ **upheaval** [ʌp`hivl]
名「**劇變／大變革**」

例 We are in economic **upheaval**.
「我們正處於經濟大變革之中。」

254 ☑ **integrity** [ɪn`tɛgrətɪ] 名「**誠實／正直**」
類 **hónesty**「誠實」

255 ☑ **courtesy** [`kɝtəsɪ]
名「**有禮貌／彬彬有禮／謙恭有禮**」

例 They were treated with **courtesy**.
「他們受到禮遇。」
類 **políteness**「有禮」

256 ☑ **ritual** [`rɪtʃʊəl] 名「**儀式**」
類 **céremòny**「儀式」

第 3 章

解答

❶ 儀式

❷ （B）（A）innocence「無罪」／（B）honesty
「誠實」／（C）cooperation「合作」（➡❷191）／
（D）support「支援」

譯「我從未懷疑過他的誠實。」

> - 將句中劃底線的單字譯成中文填入空格。
> ☐❶ His explanation lacks consistency.
>   「他的說明缺乏（　　　）。」
> - 從（A）～（D）中選出底線單字的同義詞。
> ☐❷ She achieved worldwide fame as a novelist.
>   （A）trust　　　　（B）awards
>   （C）reputation　（D）wealth

257 ☐ **fame** [fem] 名「**名聲**」

類 **renówn / rèputátion / prestíge**「名聲」

形 **fámous**「有名的」

258 ☐ **prestige** [prɛsˋtiʒ] 名「**名聲／威望**」

類 **renówn / rèputátion / fáme**「名聲」

例 The company's **prestige** has grown steadily in recent years.

「這家公司的名聲近年穩定成長。」

259 ☐ **prerequisite** [ˌpriˋrɛkwəzɪt] 名「**必要條件**」

例 Basic computer literacy is a **prerequisite** for this course.

「基本的電腦能力對這堂課而言是必要條件。」

相關 **réquisite**「必需品／必不可缺的」

260 ☐ **consistency** [kən`sɪstənsɪ]

　　图「一致性／堅實」

　形 **consístent**「前後一致的／堅實的」

261 ☐ **gateway** [`get͵we]

　　图「入口／（往～的）道路」<to>

　例 Reading is a **gateway** to academic success.

　　「閱讀是通往學問成功之道。」

　類 **éntrance**「入口」

262 ☐ **outskirts** [`aʊt͵skɝ-ts]

　　图「市郊／郊外」

　例 She lives on the **outskirts** of London.

　　「她住在倫敦市郊。」

　類 **súburb**「郊外」

第3章

解答

❶ 一致性

❷ （C）（A）trust「信任」／（B）award「獎勵」
　（➡❶223）／（C）reputation「名聲」
　（➡❷226）／（D）wealth「財富」

譯 「做為一位小說家，她獲得了世界性的名聲。」

> ● 將句中劃底線的單字譯成中文填入空格。
> ☐❶ He has repeatedly denied receiving bribes.
> 「他一再否認接受（　　　）。」
> ● 從（A）～（D）中選出底線單字的同義詞。
> ☐❷ Unemployment has risen significantly due to recession.
> 　（A）bankruptcy　　　（B）layoff
> 　（C）restructuring　　（D）depression

263 ☐ **recess** [rɪ`sɛs]
　图「停止／休息／休會」
例 The trial resumed after a two-week **recess**.
　「在兩個星期的休庭後，審判繼續進行。」
類 **bréak / rést**「休息」、**adjóurnment**「休會」
相關 **recéssion**「不景氣」

264 ☐ **recession** [rɪ`sɛʃən]
　图「不景氣／景氣衰退」
類 **depréssion**「不景氣」
⚠ 嚴格來說，**depression** 意指更嚴重的「長時間不景氣」。
相關 **récess**「休息」

265 ☑ **acquaintance** [əˋkwentəns]

　　名「相識的人／熟人／認識」

　例 She has a wide **acquaintance**.

　　「她人面很廣。」

　動 **acquáint**「使（人）認識」

266 ☑ **generosity** [ˌdʒɛnəˋrɑsətɪ]

　　名「寬宏大量／慷慨」

　例 I sincerely appreciate your **generosity**.

　　「我由衷感謝你的寬宏大量。」

　形 **génerous**「寬大的／慷慨的」

267 ☑ **compliment** 名 [ˋkɑmpləmənt] 他 [ˋkɑmpləˌmɛnt]

　　名「敬意／讚美的話」他「向～表達敬意」

　例 Give my **compliments** to the chef.

　　「代我向主廚表達敬意〔非常美味〕。」

　類 **práise**「讚美的話／誇獎」

268 ☑ **bribe** [braɪb] 名「賄賂」他「向～行賄」

　相關 **bríbery**「行賄／受賄」

解答

❶ 賄賂

❷ （D）（A）bankruptcy「破產」／（B）layoff
「解雇」／（C）restructuring「重建／改組」／
（D）depression「不景氣」

　譯「失業率因景氣衰退明顯攀升。」

- 將句中劃底線的單字譯成中文填入空格。
☐❶ We have to get over this <u>obstacle</u>.
　「我們必須克服這個（　　　）。」
- 從（A）～（D）中選出底線單字的同義詞。
☐❷ The box is full of Christmas <u>ornaments</u>.
　（A）clothes 　　　　（B）atmosphere
　（C）food 　　　　　（D）decorations

269 ☐ **tragedy** [`trædʒədɪ]
　名「悲劇／慘案」

例 **Tragedy** struck the family when the father died.
　「當父親過世時，悲劇席捲這個家庭。」

類 **disáster**「災難」
反 **cómedy**「喜劇」
形 **trágic**「悲劇的」

270 ☐ **involvement** [ɪn`vɑlvmənt]
　名「連累／牽累／參與」

例 He denied his **involvement** in the case.
　「他否認參與這個案子。」

類 **pàrticipátion**「參與」
動 **invólve**「牽涉／使捲入」

271 ☑ **obstacle** [ˋɑbstəkl]

名 「障礙（物）／妨礙（的事物）」

類 **bárrier** 「障礙」

動 **obstrúct** 「阻擾／妨礙」

272 ☑ **ornament** [ˋɔrnəmənt]

名 「裝飾／裝飾品」

他 「裝飾」

類 **dècorátion** 「裝飾／裝飾品」

décoràte 「裝飾」

273 ☑ **vain** [ven]

名 「徒然的／無益的」

例 I attempted in **vain** to explain what I intended to do.

「我試圖解釋我想要做什麼，結果徒勞無功。」

⚠ **in vain** 為「無效地／徒然地」之意。

類 **fútile / úseless** 「無用的」

解答

❶ 障礙

❷ （D）（A）clothes「衣服」／（B）atmosphere 「氣氛」（➡❶136）／（C）food「食物」／ （D）decoration「裝飾品」

譯 「這個箱子全是聖誕節裝飾品。」

名詞（46）一般用語

- 將句中劃底線的單字譯成中文填入空格。
- ☑❶ Honesty is one of her great <u>traits</u>.
  「誠實是她很棒的（　　　）之一。」
- 從（A）～（D）中選出底線單字的同義詞。
- ☑❷ There was a <u>robbery</u> in the shop last night.
  （A）party　　　　（B）funeral
  （C）theft　　　　（D）fire

---

274 ☑ **curiosity** [ˌkjʊrɪˋɑsətɪ]
　　图「**好奇心**」

例 Young children are full of **curiosity**.
　　「年輕孩子們充滿好奇心。」
形 **cúrious**「好奇的／奇怪的」
副 **cúriously**「奇妙地」

275 ☑ **edge** [ɛdʒ]
　　图「**邊／邊緣／刀口**」

例 Don't put the glass near the **edge** of the table.
　　「不要把玻璃杯放在接近桌邊。」
類 **vérge**「邊／邊緣」

276 ☑ **trait** [tret] 图「**特徵／特色**」
類 **chàracterístic**「特徵／特色」

277 ☑ **token** [ˋtokən]

　图「象徵／證據／紀念品」

例 Please accept this small gift as a **token** of our appreciation.

　「請接受這個象徵著我們感謝的小禮物。」

278 ☑ **robbery** [ˋrɑbərɪ]

　图「搶劫（行為）／搶劫案／盜取」

類 **búrglary**「破門盜竊（案）」、**théft**「盜竊」

動 **rób** (*A* **of** *B*)「從A搶奪B」

相關 **róbber**「強盜」

279 ☑ **repetition** [͵rɛpɪˋtɪʃən]

　图「重複／反覆」

例 You should avoid **repetition** of the same word.

　「你應該避免同一語詞的重複使用。」

動 **repéat**「重複」

形 **repétitive**「重複的／嘮叨的」

第
3
章

解答

❶ 特徵

❷ （C）（A）party「派對」／（B）funeral「葬禮」（➡❷140）／（C）theft「盜竊」／（D）fire「火災」（➡❷655）

譯「昨晚這家店裡有搶案。」

● 將句中劃底線的單字譯成中文填入空格。

☐❶ Digital camera sales <u>soared</u> last year.

「去年數位相機的銷售（　　）。」

● 從（A）～（D）中選出底線單字的同義詞。

☐❷ We installed the equipment to <u>enhance</u> energy efficiency.

（A）utilize 　　　　（B）maintain

（C）stabilize 　　　（D）increase

---

280 ☐ **boost** [bust]

他「推動／促進」名「推動／促進（銷售）」

例 The advertising campaign **boosted** sales.

「廣告宣傳促進了銷售量。」

281 ☐ **enhance** [ɪn`hæns] 他「提高／增加」

類 **incréase**「增加」

282 ☐ **soar** [sor] 自「暴增／往上飛揚」

283 ☐ **diminish** [də`mɪnɪʃ]

他「使變小／使縮減」自「變小／減少」

例 My lower back pain has significantly **diminished**.

「我的腰痛已經明顯地減少了。」

類 **dècréase / redúce**「縮減／減少」

反 **incréase**「增大／增加」

284 ☑ **lessen** [`lɛsn]

　　他「**使減輕／使變少**」

　　自「**減輕**」

例 I hope this will **lessen** the pain in your back.

　　「我希望這個可以減輕你的背部疼痛。」

詞源 less「較少的」＋en「使」

名 **redúce / dècréase**「使減少／減少」

285 ☑ **triple** [`trɪpl̩]

　　自「**增至三倍**」

　　他「**使變成三倍**」

　　形「**三倍的**」

例 Our profits have **tripled** in the past three years.

　　「我們的利潤在過去三年已增至三倍。」

第4章

解答

❶ 急遽成長

❷ （D）（A）utilize「利用」／（B）maintain「維護」／（C）stabilize「使穩定」／（D）increase「增加」（➡❶290）

譯「我們為了提高能源利用效率而安裝該設備。」

動詞（2）

- 將句中劃底線的單字譯成中文填入空格。
- ☐❶ The examination is <u>administered</u> three times a year.

  「該測驗一年（　　）三次。」

- 從（A）～（D）中選出底線單字的同義詞。
- ☐❷ He <u>scrutinized</u> the document.

  （A）examined　　　（B）read

  （C）preserved　　　（D）disclosed

---

286 ☐ **dwindle** [`dwɪnd!]

　　圓「**漸漸變少〔變小〕**」

例 The population of the town has **dwindled** to about 2,000.

　　「這個城鎮的人口已經漸漸變少至2,000人左右。」

類 **dècréase**「變少」

287 ☐ **inspect** [ɪn`spɛkt]

　　他「**（仔細地）檢查**」

例 We **inspected** all products for defects.

　　「我們檢查所有的產品有無缺陷。」

類 **exámine / scrútinìze / invéstigàte**「檢查」

名 **inspéction**「調查／檢閱」

288 ☑ **scrutinize** [ˋskrutn͵aɪz]

　　他「**詳細檢查**」

圈 **exámine / inspéct / invéstigàte**「調查」

289 ☑ **administer** [ədˋmɪnəstɚ]

　　他 ❶「**經營／實施**」

　　　 ❷「**給予（藥）**」

圈 **mánage**「管理」

名 **admìnistrátion**「管理」

形 **admínistràtive**「管理的」

290 ☑ **anticipate** [ænˋtɪsə͵pet]

　　他「**預期／期待**」

例 The costs were much higher than we had **anticipated**.

　　「費用比我們預期的還高。」

圈 **expéct / predíct / fórecàst**「預期」

名 **antìcipátion**「預期／期待」

第4章

解答

❶ 實施

❷ （A）（A）examine「調查」（➡❶312）／
（B）read「閱讀」／（C）preserve「保存」
（➡❷375）／（D）disclose「公開」（➡313）

譯「他仔細檢查文件。」

- 將句中劃底線的單字譯成中文填入空格。
- ☐❶ The damage <u>was assessed</u> at more than $1 million.

  「這次損失（　　　）超過一百萬美元。」
- 從（A）～（D）中選出底線單字的同義詞。
- ☐❷ The regular practice of yoga can <u>alleviate</u> stress.

  （A）relieve　　　（B）reveal

  （C）gain　　　（D）expel

---

291 ☐ **assess** [ə`sɛs]

　　⑩「估算／評定／評價」

圞 **eváluàte**「評價」

図 **asséssment**「評定／評價」

292 ☐ **accommodate** [ə`kɑmə‚det]

　　⑩「能容納／使適應」

例 This hotel can **accommodate** 300 guests.

　　「這家飯店能容納300位客人。」

図 **accòmmodátion**「住宿設施」

293 ☐ **accumulate** [ə`kjumjə‚let]

　　⑩「累積／聚積」⑪「累積／聚積」

例 She has **accumulated** $1,000 in debt.

「她負債已累積至1,000美元。」

類 **gáther**「收集／聚集」

294 ☑ **alleviate** [əˋlivɪˌet]
　　 他「減輕／緩和」

類 **éase / relíeve**「減輕／緩和」

名 **allèviátion**「減輕／緩和」

295 ☑ **expel** [ɪkˋspɛl]
　　 他「把～除名／驅逐」

例 He was **expelled** from school for cheating.

「他因作弊被學校開除。」

296 ☑ **commend** [kəˋmɛnd]
　　 他「稱讚／讚賞」

例 She was highly **commended** at the ceremony.

「她在典禮上受到高度讚賞。」

類 **práise**「稱讚」

　　 admíre「讚賞」

解答

❶ 被估算

❷ （A）（A）relieve「減輕」／（B）reveal「揭露」
（➡314）／（C）gain「獲得」／（D）expel
「把～除名」（➡295）

譯「定期練習瑜珈能減輕壓力。」

● 將句中劃底線的單字譯成中文填入空格。

☐❶ We have to <u>coordinate</u> our schedules.

「我們必須（　　　）我們的日程表。」

● 從（A）～（D）中選出底線單字的同義詞。

☐❷ Each speaker was <u>allotted</u> 20 minutes for his or her presentation.

　　（A）acquired　　　　（B）admitted

　　（C）allocated　　　　（D）achieved

---

297 ☐ **allocate** [`ælə͵ket]

　他「**分配／配給**」

例 They **allocated** $500 to the project.

「他們撥500美元給這項計畫。」

類 **assígn / allót**「分配」

名 **àllocátion**「分配／分配額〔量〕」

298 ☐ **allot** [ə`lɑt]

　他「**分配／分配給**」

類 **állocàte / assígn**「分配」

名 **àllótment**「分配／分派」

299 ☑ **assign** [əˋsaɪn]
　　㊀「**分配／指派**」
　例 Mr. Johnson was **assigned** to the vice president.
　　「強森先生被任命為副總裁。」
　類 **állocàte / allót**「分配」
　　appóint「任命」
　名 **assígnment**「分派／任務」

300 ☑ **coordinate** [koˋɔrdnet]
　　㊀「**調整／使調和**」
　　㊀「**調和**」
　名 **coordinátion**「調整／調和」

301 ☑ **collaborate** [kəˋlæbəˌret]
　　㊀「**合作／共同研究**」
　例 The two companies **collaborated** on the project.
　　「這兩家公司共同研究該計畫。」
　類 **coóperàte**「合作」
　名 **collàborátion**「合作／共同研究」

解答
❶ 調整
❷ （C）（A）acquire「得到」（➡❷331）／
（B）admit「承認」（➡❶304）／（D）achieve
「完成」（➡❷249）
譯「每個演說者各被分配20分鐘的發表時間。」

第
4
章

- 將句中劃底線的單字譯成中文填入空格。
☐❶ I compromised on the price.
「我在價格上（　　　）。」
- 從（A）～（D）中選出底線單字的同義詞。
☐❷ He has altered his lifestyle to control his high blood pressure.
（A）changed　　　（B）kept
（C）consulted　　（D）evaluated

302 ☐ **dispense** [dɪˋspɛns]
他 ❶「分配」
❷「施給」

例 The volunteers **dispensed** food and clothing to the victims.

「志工分配食物和衣物給受災者。」

類 **distríbute**「分配」

片 **dispénse with** ~「省掉／用不著」
（＝do without ~）

303 ☐ **alter** [ˋɔltɚ]
他「使改變」
自「改變」

類 **chánge**「使改變／改變」

114

304 ☑ **convert** [kən`vɝt]

他（**convert** *A* **into[to]** *B*）「將A改成B」

自「改變」

例 This university **converted** the building **into** a dormitory.

「該大學將這棟建築物改建成宿舍。」

類 **chánge**「使改變／改變」

305 ☑ **compromise** [`kɑmprə͵maɪz]

自「妥協」他「損害」名「妥協」

306 ☑ **correspond** [͵kɔrɪ`spɑnd]

自 ❶「一致」<to / with> ❷「通信」<with>

例 The results **corresponded** to our expectations.

「結果如我們預期。」

類 **agrée / accórd**「一致」

名 **còrrespóndence**「一致／通信」

còrrespóndent「通信者」

形 **còrrespóndent**「一致」

第 4 章

解答

❶ 妥協

❷（A）（A）change「改變」／（B）keep「維持」／
（C）consult「與～商量」（➡❷321）／
（D）evaluate「評價」（➡❷350）

譯「他為了控制血壓而改變他的生活方式。」

- 將句中劃底線的單字譯成中文填入空格。

☐❶ We have discontinued selling this product.

「我們已經（　　　）銷售這項產品。」

- 從（A）～（D）中選出底線單字的同義詞。

☐❷ The chairperson adjourned the meeting until Thursday.

（A）continued　　　（B）attend

（C）convene　　　（D）suspended

307 ☐ **adjourn** [ə`dʒɝn]

他「**延期**（會議等）／**終止**（會議等）」

自「（會議等）**延期**」

類 **suspénd / postpóne / pút óff** ～「延期」

名 **adjóurnment**「延期／休會」

308 ☐ **assume** [ə`sjum]

他「**認為／假定為／承擔**（任務等）」

例 I **assume** from his reaction that something has happened to him.

「從他的反應看來，我認為他發生了一些事。」

類 **accépt**「接受」

309 ☐ **discontinue** [ˌdɪskən`tɪnju] 他「停止／終止」

相關 dis「相反」＋continue「繼續」

類 **stóp**「停止」

反 **contínue**「繼續」

310 ☐ **coincide** [ˌkoɪn`saɪd]

自 ❶「一致」\<with\> ❷「同時發生」\<with\>

例 Their views **coincide** with ours.

「他們的見解與我們的一致。」

類 **agrée / accórd**「一致」

名 **coíncidence**「一致／同時發生」

形 **coíncident**「一致的／同時發生的」

311 ☐ **extract** 他 [ɪk`strækt] 名 [`ɛkstrækt]

他「引出／用力取出」

名 ❶「提取物」 ❷「摘錄」

例 They tried to **extract** a confession from me.

「他們試著從我這邊得到供詞。」

類 **éxcerpt**「摘錄」

解答

❶ 終止

❷（D）（A）continue「繼續」／（B）attend「出席」
（➡❶281）／（C）convene「召集（會議、人等）」
（➡361）／（D）suspend「暫停」（➡472）

譯「議長將會議延至週四。」

- 將句中劃底線的單字譯成中文填入空格。
☐❶ They have <u>unveiled</u> a new version of the product.
　「他們已經（　　）產品的新版本。」
- 從（A）～（D）中選出底線單字的同義詞。
☐❷ He refused to <u>reveal</u> the clients' names.
　（A）add　　　　　（B）ascertain
　（C）disclose　　　（D）enroll

312 ☐ **clarify** [`klærə͵faɪ]
　他「**澄清**」

例 He **clarified** his position on the issue.
　「他澄清了他在這個議題上的立場。」

313 ☐ **disclose** [dɪs`kloz]
　他「**暴露／公開**」

例 We cannot **disclose** that information.
　「我們無法公開那個情報。」

類 **revéal**「暴露」

名 **disclósure**「暴露／公開」

314 ☐ **reveal** [rɪˋvil] 他「揭露／洩漏」

類 **disclóse**「揭露」

315 ☐ **unveil** [ʌnˋvel] 他「揭露／公諸於世」

詞源 un「相反」＋veil「以面紗遮蓋」

類 **revéal / disclóse**「公開」

316 ☐ **attribute** 他 [əˋtrɪbjʊt] 名 [ˋætrəˌbjut]

他（**attribute** *A* **to** *B*）「將A歸因於B」

名「特質／特性」

例 The success of the company is **attributed** to its many outstanding employees.

「公司的成功係歸因於很多優秀的員工。」

類 **ascríbe** *A* **to** *B*「將A歸因於B」

quálity「性質」

名 **àttribútion**「起因」

形 **attríbutable (to ~)**

「歸因（於～）／（～）事出有因」

解答

❶ 發表

❷（C）（A）add「增加」（➡❶259）／

（B）ascertain「確定」／（D）enroll「被登記」

（➡❷252）

譯「他拒絕公開客戶們的名字。」

- 將句中劃底線的單字譯成中文填入空格。

☐❶ The roof collapsed while firefighters were inside.

「當消防人員在裡面時，屋頂（　　　）。」

- 從（A）～（D）中選出底線單字的同義詞。

☐❷ He has attained the position of vice president.

（A）resigned 　　（B）found
（C）offered 　　（D）achieved

---

317 ☐ **collapse** [kə`læps]

　　自「**崩潰／倒塌**」

　　名「**崩潰**」

　類 **bréakdòwn**「崩潰」

318 ☐ **attain** [ə`ten] 他「**完成／達到**」

　類 **achíeve / accómplish**「完成」

　名 **attáinment**「達到／達成」

319 ☐ **concede** [kən`sid]

　　他 自「（勉強）**承認**」

　例 They **conceded** that they had failed to follow the rule.

　　「他們承認沒有遵守規則。」

　類 **admít**「承認」

120

320 ☐ **testify** [ˋtɛstəˌfaɪ]

他 自「**作證**」

例 He **testified** in court that he had seen the defendant at the scene.

「他在法庭作證有在現場看到被告。」

名 **téstimòny**「證詞／證明」

321 ☐ **verify** [ˋvɛrəˌfaɪ]

他「**證明／證實**」

例 They **verified** that the report was accurate.

「他們證實這份報告是準確的。」

類 **próve**「證明／證實」

名 **vèrificátion**「證明／證實」

322 ☐ **insult** 他 [ɪnˋsʌlt] 名 [ˋɪnsʌlt]

他「**羞辱**」

名「**羞辱**」

例 She **insulted** me by calling me a coward.

「她羞辱我，說我是個膽小鬼。」

解答

❶ 崩塌了

❷ （D）（A）resign「辭職」（➡❷366）／（B）find 「發現」／（C）offer「提供」（➡❶325）／ （D）achieve「完成」（➡❷249）

譯「他已達到副總裁的地位。」

● 將句中劃底線的單字譯成中文填入空格。

☐❶ The two companies will <u>merge</u> next year.

「這兩家公司明年即將（　　　）。」

● 從（A）～（D）中選出底線單字的同義詞。

☐❷ He <u>dedicated</u> his time and effort to teaching math.

（A）devoted 　　　　（B）required

（C）denied 　　　　（D）wasted

---

323 ☐ **dedicate** [ˋdɛdəˌket]

他「**奉獻**」

類 **devóte**「奉獻」

名 **dèdicátion**「奉獻／專心致力」

324 ☐ **consolidate** [kənˋsɑləˌdet]

他 自「**統一／合併**」

例 They **consolidated** the two companies into one new organization.

「他們將兩家公司合併為一個新組織。」

類 **únifỳ**「統一」、**mérge**「合併」

名 **consòlidátion**「統一／合併」

325 ☐ **merge** [mɝdʒ]

自「合併」他「使合併」

類 **consólidàte**「合併」

名 **mérger**「（公司的）合併」

326 ☐ **conserve** [kən`sɝv] 他「保護／保存」

例 What can we do to **conserve** the environment?

「我們可以做什麼來保護環境呢？」

類 **protéct / presérve**「保護」

名 **cònservátion**「保護」

形 **consérvative**「保守的」

327 ☐ **deduct** [dɪ`dʌkt] 他「減除／扣除」

例 Your income tax will be **deducted** monthly from your salary.

「你的所得稅將會從你每個月的薪水中扣除。」

類 **subtráct**「扣除」

名 **dedúction**「減除（額）／扣除（額）」

第4章

解答

❶ 合併

❷ （A）（A）devote「將～奉獻給」（➡❷300）／（B）require「需要」（➡❶358）／（C）deny「否定」（➡❶309）／（D）waste「浪費」（➡❶366）

譯「他奉獻時間和精力於教導數學。」

動詞（10）

● 將句中劃底線的單字譯成中文填入空格。

☑❶ He was <u>designated</u> to be the next chairperson.

「他（　　　）下一屆議長。」

● 從（A）～（D）中選出最適當的選項填入空格裡。

☑❷ The company (　　) heavy losses last year.

（A）detached 　　　（B）assigned

（C）incurred 　　　（D）collaborated

---

328 ☑ **incur** [ɪnˋkɝ]

㊌「**擔負／遭受**」

329 ☑ **cope** [kop]

㊀「**處理／應付**」<with>

例 He couldn't **cope** with the situation.

「他無法應付這個狀況。」

類 **híandle / deal with** ~「處理」

330 ☑ **designate** [ˋdɛzɪɡˏnet]

㊌「**委任／指派**」

類 **appóint**「委任／指派」

名 **dèsignátion**「委任／指派」

331 ☐ **comply** [kəmˋplaɪ]

自「依從／遵從」<with>

例 Automobile manufacturers must **comply** with the new regulation.

「汽車製造業者必須遵從新的規定。」

類 **obéy / obsérve / abide by ~**「遵從」

名 **complíance**「順從」

332 ☐ **detach** [dɪˋtætʃ]

他「使分開／拆卸」

自「分離／分開」

例 Please **detach** and fill out the form below.

「請撕下並填寫下面的表格。」

反 **attách**「使依附／附加」

類 **séparàte**「使分開」

名 **detáchment**「分離」

第4章

解答

❶ 被委任

❷ （C）（A）detach「分開」（➡332）／
（B）assign「分配」（➡299）／（D）collaborate
「合作」（➡301）

譯「公司去年遭受重大的損失。」

- 將句中劃底線的單字譯成中文填入空格。

☑❶ Police <u>were dispatched</u> to the scene.

「警察（　　　）到現場。」

- 從（A）～（D）中選出最適當的選項填入空格裡。

☑❷ I (　　　) from his behavior that he would resign.

（A）inferred 　　　（B）suffered

（C）endorsed 　　　（D）entailed

---

333 ☑ **infer** [ɪnˋfɝ] 他「推測」

334 ☑ **endorse** [ɪnˋdɔrs]

　　他「贊同／背書／簽署」

例 The committee **endorsed** his proposal.

　「委員會贊同他的提案。」

類 **appróve**「贊同」

名 **endórsement**「贊同／背書」

335 ☑ **cite** [saɪt]

　　他「引用／援引」

例 I **cited** a passage from his recent book.

　「我引用他最近新書的一段。」

類 **quóte**「引用」

336 ☑ **diagnose** [`daɪəgnoz]

　　他「**診斷為**（病名）／**將～診斷為**（病名）」<as>

例 The doctor **diagnosed** her illness as the flu.

　　「醫生將她的病診斷為流感。」

名 **dìagnósis**「診察／診斷」

337 ☑ **dispatch** [dɪ`spætʃ]

　　他「**派遣／發送**」

　　名「**派遣／發送**」

類 **sénd**「派遣／發送」

338 ☑ **entail** [ɪn`tel]

　　他 自「（必然地）**伴隨／需要**」

例 The merger will **entails** many risks.

　　「這項合併將會伴隨很多風險。」

類 **invólve**「伴隨」

　　requíre「需要」

第 4 章

解答

❶ 被派遣

❷ （A）（B）suffer「受苦」（➡❶365）／
（C）endorse「贊同」（➡334）／（D）entail
「伴隨」（➡338）

譯「從他的行為舉止，我推測他將辭職。」

動詞（12）

- 將句中劃底線的單字譯成中文填入空格。

☐❶ The government <u>enacted</u> a new law on immigration.

「政府（　　　）有關移民的新法律。」

- 從（A）～（D）中選出底線單字的同義詞。

☐❷ This software will detect and <u>eliminate</u> viruses from your computer.

（A）discover 　　（B）exchange

（C）identify 　　（D）remove

---

339 ☐ **detect** [dɪ`tɛkt]

⑩「**看出／發現／查出**」

例 We **detected** a malfunction in the system.

「我們發現系統故障。」

類 **find**「看出」

名 **detéction**「發現／檢查」、**detéctive**「偵探」

340 ☐ **dismiss** [dɪs`mɪs]

⑩「**解雇／（集會等）解散**」

例 The employer **dismissed** him and employed someone else in his place.

「雇主解雇他，並雇用其他人來代替他。」

類 **lay off ~ / fíre**「解雇」

反 **emplóy / híre**「雇用」

341 ☐ **eliminate** [ɪˋlɪməˌnet]

　他「**除去／排除**」

類 **remóve**「除去／排除」

名 **eliminátion**「除去」

342 ☐ **enact** [ɪnˋækt]

　他「**制定**」

343 ☐ **entitle** [ɪnˋtaɪt!]

　他「**給～資格〔權利〕**」

例 This ticket **entitles** you to a free drink.

　「這張券給你獲得一杯免費飲料的資格。」

類 **quálify**「給～資格」

解答

❶ 制定

❷ （D）（A）discover「發現」／（B）exchange
「交換」（➡❶370）／（C）identify「表明」／
（D）remove「排除」（➡❷385）

譯「這個軟體將檢測並掃除你的電腦病毒。」

主題 59　動詞（13）

- 將句中劃底線的單字譯成中文填入空格。

☐❶ They <u>modified</u> the conditions of the contract.
「他們（　　　）合約條件。」

- 從（A）～（D）中選出底線單字的同義詞。

☐❷ I can't <u>convey</u> my feelings well.
（A）reveal　　　　（B）communicate
（C）eliminate　　　（D）hide

---

344 ☐ **modify** [`mɑdə,faɪ]
他「修改／更改」

類 **aménd**「修改」
名 **mòdificátion**「修改／更改」

345 ☐ **intervene** [,ɪntɚ`vin]
自「介入／干涉」<in>

例 The UN **intervened** in the conflict.
「聯合國介入該衝突。」

346 ☐ **accelerate** [æk`sɛlə,ret]
他「使加速／促使發生／促進」
自「加速」

例 We have **accerlerated** production to meet the demand.
「我們加速生產以滿足需求。」

130

類 **hásten**「加快〔加速〕」
spéed (ùp)「加速」
名 **accèlerátion**「加速／促進」
accéleràtor「（車子的）油門」
形 **accélerative**「加速的／促進的」

347 ☐ **convey** [kən`ve]
他「**運送**／（感情的）**傳達**」
類 **cárry / transpórt**「運送」
commúnicate「傳達」

348 ☐ **deposit** [dɪ`pɑzɪt]
他 ❶「**存款／存入**」
❷「**放置**」
名「**保證金／頭期款／存款**」
例 I **deposited** the money into my bank account.
「我把錢存入我的銀行戶頭。」

第 4 章

解答

❶ 更改
❷ （B）（A）reveal「揭露」（➡314）／
（B）communicate「傳達」／（C）eliminate
「排除」（➡314）／（D）hide「隱藏」
譯「我無法充分表達我的感情。」

● 將句中劃底線的單字譯成中文填入空格。

☐❶ We have <u>compiled</u> all the information you need to know about the topic.

「我們（　　）這個主題你必須知道的所有相關資訊。」

● 從（A）～（D）中選出底線單字的同義詞。

☐❷ The road was <u>obstructed</u> by the crowd.

（A）blocked 　　　（B）gathered

（C）inspected 　　（D）observed

---

349 ☐ **compile** [kəm`paɪl]

他「編輯／收集」

類 **assémble / colléct**「收集」

名 **còmpilátion**「編輯／編輯物」

350 ☐ **safeguard** [`sef͵gɑrd]

他「守護／保護」

名「保護（裝置）／保護措施」

例 The experts tell you how to **safeguard** your assets.

「專家們告訴你如何保護你的資產。」

類 **protéct**「保護」

protéction「保護」

351 ☑ **obstruct** [əb`strʌkt]

　㊉「**堵塞／妨礙**」

　類 **blóck**「堵塞」

　名 **obstrúction**「妨礙／障礙」

352 ☑ **grant** [grænt]

　㊉「**給予／准予**」㊂「**補助款**」

　例 The government **granted** permission to construct the bridge.

　　「政府准予興建橋樑。」

　類 **gíve**「給予」、**accépt / admít**「准許」

　片 **take ~ for granted**「認為～理當如此」

353 ☑ **aspire** [ə`spaɪr]

　㊀「**渴望／嚮往**」

　例 She **aspires** to a career in the fashion industry.

　　「她渴望在時尚界工作。」

　類 **lóng**「嚮往」

　名 **àspirátion**「渴望／志向／抱負」

解答

❶ 收集了

❷ （A）（A）block「阻塞」（➡❷666）／
　（B）gather「收集／聚集」（➡❶285）／
　（C）inspect「（仔細地）」檢查（➡287）／
　（D）observe「觀察」（➡❶323）

　譯「這條路被人群堵塞了。」

● 將句中劃底線的單字譯成中文填入空格。

☐❶ He thought he <u>deserved</u> the award.

「他認為他（　　　）這個獎勵。」

● 從（A）～（D）中選出最適當的選項填入空格裡。

☐❷ Passengers for Paris should (　　) to gate 20.

（A）appeal　　　（B）respond

（C）contribute　　（D）proceed

---

354 ☐ **multiply** [ˋmʌltəplaɪ]

他 ❶「使增加」

❷「（數字）相乘」

自「增加」

例 Our problems have **multiplied** since last year.

「我們的問題從去年開始增加。」

類 **incréase**「使增加／增加」

355 ☐ **proceed** 自 [prəˋsid] 名 [ˋprosid]

自「進行／繼續」

名（**proceeds**）「營收／利潤」

名 **procédure**「程序／手續」

356 ☐ **deserve** [dɪˋzɝv]

他「應得／有～價值」

357 ☑ **exert** [ɪg`zɝt] 他「**行使（能力等）／用**」

例 They tried to **exert** pressure on us to sign the contract.

「他們試著施加壓力讓我們簽下合約。」

名 **exértion**「努力／行使」

358 ☑ **reconcile** [`rɛkənsaɪl]

他 ❶「**使（人）和解**」❷「**使一致**」

例 He wanted to be **reconciled** with his wife.

「他想和老婆和解。」

359 ☑ **surge** [sɝdʒ]

自「**（群眾等）蜂擁而至／（物價等）激增／（感情）高漲**」

名「**蜂擁而至／（物價等的）激增／（感情的）高漲**」

例 The crowd **surged** forward to get a glimpse of him.

「群眾蜂擁往前就為了看他一眼。」

解答

❶ 應得

❷ （D）（A）appeal to ~「訴諸（理性、暴力等）」
（➜❶276）／（B）respond to ~「回答」
（➜❷394）／（C）contribute to ~「貢獻於」
（➜❷311）

譯「往巴黎的乘客請前往20號登機門。」

- 將句中劃底線的單字譯成中文填入空格。
☑❶ A meeting was convened to decide on the issue.
　「為了讓問題有個結論而（　　）會議。」
- 從（A）～（D）中選出底線單字的同義詞。
☑❷ We have decided to terminate the contract.
　（A）win　　　　（B）extend
　（C）end　　　　（D）accept

360 ☑ **terminate** [`tɜmə͵net]
　他「使終止」
類 **énd / bring ~ to an end**「使終止」
名 **tèrminátion**「終止／結束」

361 ☑ **convene** [kən`vin]
　他「召集（會議、人）」自「聚集」
類 **cáll / assémble**「召集」
　assémble「聚集」

362 ☑ **complement** 他 [`kɑmplə͵mɛnt] 名 [`kɑmpləmənt]
　他「補足／與～相配」名「補充物／補足」
例 These accessories will **complement** your dress.
　「這些配件會與你的衣著很相配。」

ⓘ 與**cómpliment**「敬意／稱讚」的發音相同。

動 **súpplement**「補足」

形 **còpleméntary**「補充的／補足的」

363 ☑ **emit** [ɪˋmɪt]

他「**散發／排放／發出（聲音）**」

例 Carbon dioxide **emitted** from cars is one of the causes of global warming.

「車子排放的二氧化碳是地球暖化的原因之一。」

名 **emíssion**「放出／排出」

364 ☑ **convince** [kənˋvɪns]

他「**使了解／使確信**」

例 I am **convinced** of his innocence.

「我確信他的清白。」

ⓘ 如上述例句使用**convince O of ~** 或是**convince O that S V ~**，大多是用被動語態。

類 **persuáde**「說服」

第4章

解答

❶ 召開

❷ （C）（A）win「贏取」／（B）extend「延長」（➡❷326）／（C）end「終止」／（D）accept「接受」（➡❶272）

譯「我們決定終止這個合約。」

- 將句中劃底線的單字譯成中文填入空格。

☐❶ I couldn't restrain my anger toward him.

「我無法（　　）對他的憤怒。」

- 從（A）～（D）中選出最適當的選項填入空格裡。

☐❷ He (　　) about 100 employees.

（A）overtake 　　　（B）overdoes

（C）overcome 　　　（D）oversees

365 ☐ **overcharge** [`ovɚ`tʃɑrdʒ]

他 自「（對人）**索價過高**」

例 They **overcharged** us by $20.

「他們多收我們20美元。」

366 ☐ **overdo** [ˌovɚ`du]

他「**做過頭**」

例 Get regular exercise, but don't **overdo** it.

「定期運動，但不要做過頭。」

⏱ 時態變化 **overdo-overdid-overdone**

367 ☐ **oversee** [`ovɚ`si]

他「**監督**」

⏱ 時態變化 **oversee-oversaw-overseen**

類 **súpervìse**「監督」

368 ☑ **refrain** [rɪ`fren]

　　圓「**抑制**」<from>

　　图「**疊句／副歌**」

例 Please **refrain** from smoking here.

　　「請勿在這裡吸菸。」

369 ☑ **restrain** [rɪ`stren]

　　他「**抑制／限制**」

類 **contról**「抑制」

　　límit「限制」

名 **restráint**「抑制／限制」

370 ☑ **strive** [straɪv]

　　圓「**努力／奮鬥／反抗**」

例 The bank is **striving** to improve its financial condition.

　　「這家銀行正在努力改善財務狀況。」

類 **trý (hárd)**「努力」

名 **strífe**「爭鬥／不和」

解答

❶ 抑制

❷ （D）（A）overtake「追上」／（B）overdo「做過頭」（➡366）／（C）overcome「克服」

譯「他監督約100名員工。」

第4章

● 將句中劃底線的單字譯成中文填入空格。

☐❶ Her father reluctantly <u>consented</u> to the marriage.

「她的父親勉強（　　　）這門婚事。」

● 從（A）～（D）中選出最適當的選項填入空格裡。

☐❷ A fine was (　　) on him.

　（A）imposed　　　（B）expose

　（C）compose　　　（D）compromise

---

371 ☐ **supervise** [ˋsupɚˌvaɪz]

　他「**監督／管理**」

例 He **supervised** the construction of the building.

「他監督這棟建築的建造。」

類 **òversée**「監督」

372 ☐ **evict** [ɪˋvɪkt]

　他「**逐出／趕走**」

例 He has been **evicted** for not having paid the rent.

「他因沒有付房租而被趕走。」

373 ☑ **consent** [kən`sɛnt]

　　圓「同意／答應」

　　图「同意／答應」

　⏱ **óutlèt**和**sócket**是指「電源插座」。

　類 **agrée**「同意」

　　agréement「同意」

374 ☑ **impose** [ɪm`poz]

　　他「課徵〔科以〕」<on>

　⏱ **impose** *A* **on** *B* 為「B被課徵A」之意。

375 ☑ **inquire** [ɪn`kwaɪr]

　　他 圓「詢問」

　例 I would like to **inquire** about the products you have advertised.

　　「我想詢問你們廣告的產品。」

　類 **ásk**「詢問」

　名 **ínquíry**「詢問／打聽」

第4章

解答

❶ 同意

❷ （A）（B）expose「暴露」（➡❷315）／
　　（C）compose「構成」（➡❷340）／
　　（D）compromise「妥協」（➡305）

譯「他被科以罰金。」

● 將句中劃底線的單字譯成中文填入空格。

☑❶ I felt he was trying to provoke me.

「我感覺他想（　　）我。」

● 從（A）～（D）中選出底線單字的同義詞。

☑❷ This would be his last chance to <u>redeem</u> his reputation.

（A）retrieve　　　（B）relieve

（C）release　　　（D）reconstruct

376 ☐ **provoke** [prə`vok]

他「激怒／挑釁」

377 ☐ **retrieve** [rɪ`triv] 他「取回／恢復」

例 I had left my bag at the bank, so I went back to **retrieve** it.

「我把袋子放在銀行，所以我回去取回。」

類 **recóver / redéem**「恢復」

378 ☐ **restore** [rɪ`stor] 他「修復／恢復」

例 It will cost two million dollars to **restore** the building.

「修復這棟建築物將花費二百萬美元。」

類 **repáir**「修復」

379 ☑ **redeem** [rɪˋdim]

　　⑩「恢復／償還／彌補」

　圜 **retríeve / recóver**「恢復」

　　cómpensàte「彌補」

380 ☑ **summon** [ˋsʌmən]

　　⑩ ❶「傳喚／召喚」

　　　❷「鼓起（勇氣、力氣等）」

　例 They were **summoned** to headquarters.

　　「他們被總公司傳喚。」

　例 I **summoned** (up) the courage to ask him about it.

　　「我鼓起勇氣問他那件事。」

　圜 **cáll**「傳喚」

解答

❶ 挑釁

❷ （A）（B）relieve「緩和」／（C）release「釋放」（➡❶356）／（D）reconstruct「重建」

譯「這將是他挽回名聲的最後機會。」

動詞（20）

● 將句中劃底線的單字譯成中文填入空格。

☐❶ He urged us to accept the offer.

「他（　　　）我們接受這個提議。」

● 從（A）～（D）中選出底線單字的同義詞。

☐❷ His speech evoked loud cheers.

（A）welcomed （B）ignored

（C）aroused （D）accepted

381 ☐ **urge** [ɝdʒ]

　⑩「**催促／力促**」

形 **úrgent**「緊急的／迫切的」

382 ☐ **evoke** [ɪˋvok]

　⑩「**喚起／引起**」

類 **aróuse**「喚起」

383 ☐ **foster** [ˋfɔstɚ]

　⑩「**促進／培育**」

例 They have made great efforts to **foster** the traditional arts.

「他們盡了很大的努力促進傳統藝術。」

類 **encóurage**「促進」

384 ☑ **assert** [ə`sɝt]

　他「**聲明／宣稱／主張**」

例 He **asserted** his innocence [He **asserted** that he was innocent].

　「他宣稱他的清白〔他聲明他是清白的〕。」

類 **decláre**「宣稱」

　insíst「主張」

名 **assértion**「宣稱／主張」

形 **assértive**「肯定的／自信的」

385 ☑ **innovate** [`ɪnə͵vet]

　自「**改革／創新**」

　他「**引進**」

例 We must constantly **innovate** to meet customer's needs.

　「我們必須不斷地創新以滿足顧客的需求。」

名 **ìnnovátion**「革新／創新」

形 **ínnovàtive**「革新的」

第 4 章

解答

❶ 催促（強烈要求）

❷ （C）（A）welcome「歡迎」／（B）ignore「忽視」／（C）arouse「喚起」／（D）accept「接受」（➡❶272）

譯 「他的演説引起滿堂喝采。」

● 將句中劃底線的單字譯成中文填入空格。

☑❶ He admitted that he had <u>fabricated</u> evidence.

「他承認（　　）證據。」

● 從（A）～（D）中選出最適當的選項填入空格裡。

☑❷ The book was published in 1995 and was
（　　）in 2002.

（A）represented 　　（B）revised

（C）restricted 　　（D）resumed

---

386 ☑ **revise** [rɪ`vaɪz] 他「**修訂／修正**」

類 **aménd / módify**「修正」

名 **revísion**「修訂／修正」

387 ☑ **amend** [ə`mɛnd]

他「**修訂／修改**（憲法、法律等）」

例 The committee **amended** the rule.

「委員會修改規定。」

類 **revíse / módify**「修正」

名 **améndment**「修正／修改」

388 ☑ **renovate** [`rɛnə͵vet] 他「**整修／修復**」

例 The hotel is being **renovated**.

「這家飯店目前整修中。」

名 **rènovátion**「整修／修復」

389 ☑ **fabricate** [ˋfæbrɪˌket]

　　㊟「**捏造／偽造**」

類 **make up ~**「虛構」

名 **fàbricátion**「捏造／偽造／偽造文書」

390 ☑ **yield** [jild]

　　㊟「**出產／產生**（利益等）」

　　㉺「（向對手）**屈服**」<to>

　　㊟「**出產**（物）」

例 The field **yields** both oil and gas.

　　「這個油田出產石油和天然氣。」

例 This investment will **yield** a big profit.

　　「這項投資將產生很大的收益。」

類 **prodúce**「產生」

第
4
章

解答

❶ 捏造

❷ （B）（A）represent「代表」（➡❷376）／
（C）restrict「限制」（➡❷389）／（D）resume
「重新開始」（➡❷387）

譯「該書於1995年出版，並於2002年修訂。」

動詞（22）

● 將句中劃底線的單字譯成中文填入空格。

☐❶ The use of computers will facilitate the data analysis process.

「使用電腦將會讓資料分析的過程（　　　）。」

● 從（A）～（D）中選出底線單字的同義詞。

☐❷ The company commenced business in 2005.

（A）sold　　　　　　（B）began

（C）closed　　　　　（D）obstructed

---

391 ☐ **facilitate** [fə`sɪlə͵tet]

⑩「**使容易／促進**」

名 **facìlitátion**「容易的事／促進」

392 ☐ **commence** [kə`mɛns]

⑩「**開始／著手**」 ⑪「**開始**」

類 **begín / stárt**「開始／出發」

名 **comméncement**「開始／畢業典禮」

393 ☐ **launch** [lɔntʃ] ⑩「**發起**」

例 They **launched** a campaign against violence in schools.

「他們發起一項反對校園暴力的活動。」

類 **stárt / begín / comménce**「開始」

394 ☑ **inaugurate** [ɪnˋɔgjəˏret]

　　他 ❶「**開始**」

　　　❷「（人）**正式就任**」

例 The president was **inaugurated** this month.

　　「總統本月正式就任。」

類 **inítiàte / begín / stárt**「開始」

形 **ináugural**「就任（儀式）的／開始的」

名 **inaugurátion**「就任（儀式）／開始」

395 ☑ **lure** [lʊr]

　　他「**誘惑／引誘**」

　　名「**魅力**／（釣魚的）**誘餌**」

例 Many travel agents have lowered their prices to **lure** more tourists.

　　「很多旅遊業仲介降低他們的價格以吸引更多旅客。」

類 **témpt**「誘惑」

　　fàscinátion「魅力」

解答

❶ 變得容易

❷ （B）（A）sell「賣」／（B）begin「開始」／（C）close「關閉」／（D）obstruct「妨礙」（➡351）

譯「公司於2005年開始營業。」

動詞（23）

- 將句中劃底線的單字譯成中文填入空格。

☐❶ More money should be <u>diverted</u> to education.

「更多的錢應該（　　　）到教育上。」

- 從（A）～（D）中選出底線單字的同義詞。

☐❷ A crash was narrowly <u>averted</u>.

（A）caused 　　　（B）happened

（C）heard 　　　（D）avoided

---

396 ☐ **distract** [dɪˋstrækt]

　　 他「**轉移**（心思）／**分散**」

例 Don't **distract** him while he is driving.

　　「他在開車時不要讓他分心」

類 **divért**「轉移（心思）」

反 **attráct**「吸引」

名 **distráction**「使人分心的事物」

397 ☐ **divert** [daɪˋvɝt]

　　 他❶「**挪用**（資金等）」❷「**轉移**（心思）」

類 **distráct**「轉移（心思）」

398 ☐ **avert** [əˋvɝt]

　　 他❶「**轉移**（目光等）」❷「**避免**（危險等）」

類 **avóid**「避免」

399 ☐ **devastate** [`dɛvəs͵tet]

他 ❶「荒廢（土地）」❷「（使人）沮喪」

例 The town was **devastated** by floods last month.

「這個城鎮上個月遭受洪水的破壞。」

類 **rúin / destróy**「毀壞」

400 ☐ **lapse** [læps]

自「失效／（期限等）**過了**」

名「**過失／終止**」

例 I didn't know my insurance had **lapsed**.

「我不知道我的保險已經過期了。」

類 **expíre**「失效／（期限）過了」

mistáke「過失」

401 ☐ **eradicate** [ɪ`rædɪ͵ket]

他「**消滅／根絕**」

例 Our goal is to **eradicate** AIDS.

「我們的目標是消滅愛滋病。」

解答

❶ 被轉用（挪用）

❷（D）（A）cause「引起」（➡❶306）／

（B）happen「發生」／（C）hear「聽」／

（D）avoid「避免」（➡❶282）

譯「驚險躲過了一場意外。」

- 將句中劃底線的單字譯成中文填入空格。

☐❶ Would you proofread this document?

「你可以（　　　　）這份文件嗎？」

- 從（A）～（D）中選出底線單字的同義詞。

☐❷ The weather aggravated the situation.

　（A）worsened　　　（B）caused

　（C）improved　　　（D）stopped

---

402 ☐ **aggravate** [ˋægrəˌvet]

⑩「**使（更加）惡化**」

類 **wórsen**「使惡化」

名 **àggravátion**「惡化」

403 ☐ **remit** [rɪˋmɪt]

⑩「**匯寄（金錢等）**」⑪「**匯款**」

例 Please **remit** payment as soon as possible.

「請盡快匯出款項。」

類 **sénd**「發送」

名 **remíttance**「匯款／匯款額」

404 ☐ **deteriorate** [dɪˋtɪrɪəˌret] ⑪「**惡化／下降**」

例 Her condition is **deteriorating** rapidly.

「她的狀況正急速惡化。」

類 **wórsen**「惡化」

405 ☑ **proofread** [`pruf͵rid]

他 自「校正」

⏱ 時態變化**proofread-proofread-proofread**

[`pruf͵rid]　　[`pruf͵rɛd]　　[`pruf͵rɛd]

406 ☑ **incorporate** [ɪn`kɔrpə͵ret]

他「納入<in / into>／包含」

例 We **incorporated** his ideas into the plan.

「我們將他的想法納入這個計畫。」

形 **incórporàted**「法人組織的／股份有限公司的」

（縮寫為Inc.）

407 ☑ **fluctuate** [`flʌktʃʊ͵et]

自「波動」

例 Stock prices **fluctuated** wildly yesterday.

「昨日股價大幅度波動。」

類 **váry / chánge**「變化」

名 **flùctuátion**「波動」

解答

❶ 校正

❷（A）（A）worsen「惡化」／（B）cause
「引起」（➡❶306）／（C）improve「改進」
（➡❶319）／（D）stop「停止」

譯「天候讓狀況更加惡化。」

- 將句中劃底線的單字譯成中文填入空格。
☐❶ The procedure needs to be more clearly defined.
「必須更清楚地（　　）程序。」

- 從（A）～（D）中選出底線單字的同義詞。
☐❷ They still cling to their traditions.
（A）get 　　　　（B）contribute
（C）stick 　　　（D）resort

---

408 ☐ **cling** [klɪŋ]
　　 圁 ❶「執著」<to>
　　　 ❷「緊緊抓住」
　 ⊘ 時態變化**cling-clung-clung**
　 類 **stíck (to ~)**「執著於」

409 ☐ **adhere** [əd`hɪr]
　　 圁 ❶「遵守（規則等）」
　　　 ❷「緊黏」<to>
　 例 We must **adhere** strictly to this policy.
　　 「我們必須嚴格地遵守這項政策。」
　 類 **abíde (by ~)**「遵守」
　　 stíck (to ~)「緊黏」

410 ☐ **hinder** [ˋhɪndɚ] 他「**阻礙／延遲**」

例 The high price has **hindered** the widespread adoption of the product.

「昂貴的價格阻礙了該產品被廣泛採用。」

類 **hámper**「阻礙」

411 ☐ **define** [dɪˋfaɪn] 他「**使明確／明白指示／定義**」

名 **dèfinítion**「定義／明確化」

形 **définite**「明確的／確切的」

副 **définitely**「明確地／絕對地」

412 ☐ **infringe** [ɪnˋfrɪndʒ]

他「**違反（法律、義務）／侵害**」

自「**侵害**」<on / upon>

例 The company was accused of **infringing** on the copyright.

「公司被控告侵害著作權。」

類 **víolàte**「違反」、**inváde**「侵害」

名 **infríngement**「違反／侵害」

解答

❶ 明確指示〔被明白指示〕

❷ （C）（A）get to ～「抵達」／（B）contribute to ～「貢獻於」（➡❷311）／（C）stick to ～「執著於」／（D）resort to ～「訴諸於（手段、事物等）」（➡762）

譯「他們仍然執著於傳統。」

● 將句中劃底線的單字譯成中文填入空格。

☐❶ I'm not inclined to support his idea.

「我（　　　）支持他的想法。」

● 從（A）～（D）中選出底線單字的同義詞。

☐❷ We decided to lengthen our stay in London.

（A）cancel　　　　（B）shorten

（C）enjoy　　　　（D）extend

---

413 ☐ **incline** [ɪn`klaɪn]

　　他 ❶「傾向」❷「使傾斜」 自「傾斜」

　　⏱ **incline O to** V是「使～傾向於」之意。

414 ☐ **tilt** [tɪlt]

　　他「使偏向」 自「傾斜」 名「偏向／傾斜」

例 She **tilted** her head to the right.

　　「她把頭偏向右邊。」

類 **léan**「傾斜」

415 ☐ **relocate** [ri`loket]

　　他「使搬遷」 自「搬遷」

例 They decided to **relocate** the headquarters to Seattle.

　　「他們決定將總公司遷到西雅圖。」

416 ☑ **scatter** [`skætɚ]

他「撒／（**be scattered**）分散在」

自「分散」

例 Some books and magazines are **scattered** on the floor.

「地上散放著書和雜誌。」

417 ☑ **lengthen** [`lɛŋθən]

他「使加長／延長」

自「變長／延長」

詞源 length「長度」＋en「使」

類 **exténd**「延長」

名 **léngth**「長度」

形 **léngthy**「長的／冗長的」

418 ☑ **tackle** [`tækḷ]

他「著手處理（問題等）」

例 We need to **tackle** the problem of unemployment.

「我們需要著手處理失業問題。」

解答

❶ 傾向不

❷ （D）（A）cancel「取消」（➡❶283）／（B）shorten「變短」（➡❷329）／（C）enjoy「享受」／（D）extend「延長」（➡❷326）

譯「我們決定延長在倫敦的停留時間。」

動詞（27）

● 將句中劃底線的單字譯成中文填入空格。

☐❶ Her all property <u>was forfeited</u> by the government.

「她的所有財產都被政府（　　　）。」

● 從（A）～（D）中選出底線單字的同義詞。

☐❷ His reputation was <u>marred</u> by a scandal.

（A）promoted　　　（B）enhanced

（C）created　　　（D）ruined

---

419 ☐ **mar** [mɑr]

⑲「**毀損／破壞**」

類 **rúin / spóil**「毀損／破壞」

420 ☐ **forfeit** [`fɔr͵fɪt]

⑲「（受罰）**喪失／被剝奪**」

图「**沒收／剝奪／喪失**」

421 ☐ **penetrate** [`pɛnə͵tret]

⑲ 圁「**滲透／貫穿**」

例 The product has already **penetrated** the market.

「這項產品已滲透市場。」

图 **pènetrátion**「滲透／貫穿」

422 ☑ **prevail** [prɪˋvel]

 ⊜ ❶「普及／盛行」

  ❷「獲勝」<over / against>

例 This custom still **prevails** in this area.

 「這種習俗在這個地區仍然盛行。」

423 ☑ **irrigate** [ˋɪrɪ͵get]

 ⊕「灌溉／引水入」

例 The government launched a project to **irrigate** the desert.

 「政府開始進行引水入沙漠的計畫。」

名 **ìrrigátion**「灌溉」

424 ☑ **stack** [stæk]

 ⊕「疊成堆」名「堆放／堆積如山」

例 Books are **stacked** on the desk [The desk is **stacked** with books].

 「一疊書堆放在桌上（桌上堆放著一疊書）。」

類 **píle / héap**「疊成堆／堆積如山」

解答

❶ 沒收

❷ （D）（A）promote「促進」（➡❷418）／（B）enhance「提高」（➡281）／（C）create「創造」／（D）ruin「毀壞」

譯「醜聞破壞了他的名聲。」

- 將句中劃底線的單字譯成中文填入空格。
☐❶ I managed to procure the painting.
　　「我已設法（　　　）這件畫作。」
- 從（A）～（D）中選出底線單字的同義詞。
☐❷ This advertisement will capture young people's attention.
　　（A）divert　　　　（B）pay
　　（C）require　　　　（D）catch

425 ☐ **halt** [hɔlt]
　自「停止」
　他「使停止〔中止〕」
　名「停止／中止」
例 The production **halted** due to lack of funds.
　「生產因資金不足而中止。」
例 The train came to a **halt**.
　「電車停止了。」
類 **stóp**「停止／使停止／終止」

426 ☐ **procure** [pro`kjʊr]
　他「取得／獲得」
類 **gét / obtáin / acquíre**「取得／獲得」

427 ☐ **reside** [rɪˋzaɪd]

　　圓「住／居住」

例 She has been **residing** abroad for over one year.

　　「她住在國外已經超過一年。」

類 **líve**「住／居住」

名 **résidence**「居住／住宅」、**résident**「居住者」

形 **résident**「居住的」

428 ☐ **prosper** [ˋprɑspɚ]

　　圓「昌隆／繁榮」

例 His business is **prospering**.

　　「他的生意昌隆。」

類 **thríve**「興旺／繁榮」

名 **prospérity**「昌隆／繁榮」

形 **prósperous**「成功的／繁榮的」

429 ☐ **capture** [ˋkæptʃɚ]

　　他「**捕獲／引起**（注意等）」

類 **cátch**「捕捉」

解答

❶ 取得

❷ （D）（A）divert「轉移（心思）」（➡397）／
（B）pay「付款」／（C）require「需要」
（➡❶358）／（D）catch「捕捉」

譯「這個廣告將會吸引年輕人的注意。」

- 將句中劃底線的單字譯成中文填入空格。
- ☐❶ Ms. Moore presided over the conference.
  「莫爾女士在會議中（　　　）。」
- 從（A）～（D）中選出底線單字的同義詞。
- ☐❷ I quoted a passage from the article.
  （A）criticize　　　（B）demanded
  （C）cited　　　　　（D）praised

430 ☐ **preside** [prɪˋzaɪd]
　　自 ❶「擔任主席」<at / over>
　　　 ❷「主持」<over>
　類 **cháir**「擔任主席」
　名 **président**「總統／董事長」
　　 présidency「總統〔董事長〕的職位〔任期〕」

431 ☐ **decay** [dɪˋke]
　　自「腐壞／衰退」他「使腐壞」
　　名「腐壞／衰退」
　例 The fish is **decaying**.
　　「魚腐壞了。」
　例 The system has **decayed**.
　　「這個系統已逐漸衰退。」
　類 **rót**「腐壞」

432 ☐ **prolong** [prə`lɔŋ]

　　他「延長／拉長」

例 They have **prolonged** their stay in Los Angeles.

　　「他們延長在洛杉磯的停留時間。」

類 **exténd**「延長」、**léngthen**「拉長」

形 **prolónged**「長期的」

433 ☐ **quote** [kwot]

　　他 自 ❶「引用」 ❷「報價」

類 **cíte**「引用」、**éstimàte**「報價」

名 **quotátion**「引用」

434 ☐ **reimburse** [ˌriɪm`bɝs]

　　他「歸還／償還」

例 The company will **reimburse** you (for) the cost.

　　「公司將償還你該費用。」

名 **reìmbúrsement**「歸還」

類 **refúnd / repáy**「歸還／償還」

解答

❶ 擔任主席

❷ （C）（A）criticize「批評」／（B）demand「要求」（➡❶048）／（C）cite「引用」（➡335）／（D）praise「讚賞」（➡❷262）

譯「我從這篇文章引用一段文字。」

- 將句中劃底線的單字譯成中文填入空格。
☐❶ He waived all rights to the property.
「他（　　　）財產的所有相關權利。」
- 從（A）～（D）中選出底線單字的同義詞。
☐❷ They had no choice but to discard the equipment.
　（A）install　　　　（B）throw away
　（C）replace　　　　（D）return

---

435 ☐ **discard** [dɪs`kɑrd] 他「**丟掉**」

詞源 dis「移除」＋card「撲克牌」➡取自「擲出（無用的）撲克牌」。

類 **thrów ~ away / throw away ~**「丟掉」

436 ☐ **waive** [wev] 他「**放棄／撤回**」

類 **relínquish / renóunce / gíve up ~**「放棄」

437 ☐ **revoke** [rɪ`vok]
他「**取消／使無效**」

例 His license was **revoked** for driving under the influence of alcohol.

「他的駕照因酒駕遭到吊銷。」

類 **cáncel**「取消」

438 ☐ **relinquish** [rɪˋlɪŋkwɪʃ]

　　⑩「放棄／交出（職位等）」

　⑩ He **relinquished** the position of CEO in January 2008.

　　「他在2008年1月交出CEO的職位。」

　圞 **give up ~ / renóunce / wáive**「放棄」

439 ☐ **contaminate** [kənˋtæməˌnet]

　　⑩「弄髒／汙染」

　⑩ Drinking water in many parts of the world is **contaminated** with toxic substances.

　　「世界上有很多地區的飲用水受到有毒物質汙染。」

　圞 **pollúte**「汙染」

　名 **contàminátion**「汙染」

解答

❶ 放棄

❷（B）（A）install「安裝」（➡❷372）／（B）throw away ~「丟掉」／（C）replace「取代」（➡❷377）／（D）return「歸還」

譯「他們別無選擇，只能丟掉這個設備。」

動詞（31）

- 將句中劃底線的單字譯成中文填入空格。
- ❶ He was <u>empowered</u> to conduct the investigation.

  「他（　　）指揮調查的進行。」
- 從（A）〜（D）中選出底線單字的同義詞。
- ❷ The accident <u>jeopardized</u> his career.

  （A）endangered　　（B）opened

  （C）terminated　　（D）determined

---

440 ☐ **jeopardize** [`dʒɛpəˌdaɪz]

他「**危及／處於險境**」

類 **endánger**「危及／處於險境」

441 ☐ **disperse** [dɪ`spɝs]

他「**使驅散**」自「**驅散**」

例 Police arrived and **dispersed** the crowd.

「警察抵達並驅散群眾。」

442 ☐ **empower** [ɪm`paʊə] 他「**授權**」

類 **áuthorìze**「授權」

443 ☐ **misplace** [mɪs`ples] 他「**誤置／遺忘**」

例 She seems to have **misplaced** her contact lenses.

「她似乎忘了把隱形眼鏡放在哪兒了。」

444 ☑ **liquidate** [`lɪkwɪˌdet]

　他 ❶「清算（債務）」

　　❷「解散（公司）」

例 The bank **liquidated** the loan by selling the property.

「銀行藉由賣出資產來清償貸款。」

445 ☑ **browse** [braʊz]

　他 自 ❶「隨意翻閱（書）」

　　　❷「瀏覽（商品）」

　名「隨意翻閱」

例 While waiting for her, I **browsed** through some magazines.

「在等她的時候，我隨意翻閱了一些雜誌。」

類 **skím**「隨意翻閱」

名 **brówser**「瀏覽器」

解答

❶ 被授權

❷（A）（A）endanger「危及」／（B）open「打開」／（C）terminate「使終止」（➡360）／（D）determine「決定」（➡❷381）

譯「這件意外危及他的職業生涯。」

- 將句中劃底線的單字譯成中文填入空格。
☐❶ This rule will <u>be enforced</u> more strictly.
　「這條規定將更嚴格（　　　）。」
- 從（A）～（D）中選出最適當的選項填入空格裡。
☐❷ He made $10 million by (　　) in stocks and real estate.
　（A）interfering　　　（B）sending
　（C）sacrificing　　　（D）speculating

446 ☐ **enforce** [ɪnˋfors]
　他「**遵守**（法律等）／**實施**〔**執行**〕」
名 **enfórcement**「執行／實施」

447 ☐ **speculate** [ˋspɛkjəˌlet]
　自 ❶「**深思**」
　　❷「**投機**」
　他「**推測**」
名 **spèculátion**「推測／投機」

448 ☐ **outnumber** [aʊtˋnʌmbɚ]
　他「**多於／在數量上勝過**」
例 Women **outnumbered** men at the party.
　「派對上的女性多於男性。」

449 ☐ **depict** [dɪˋpɪkt]

㊀「**描繪／描寫**」

例 He **depicted** many scenes in New York.

「他描繪各式各樣的紐約景色。」

類 **describe**「描繪／描寫」

名 **depiction**「描寫」

450 ☐ **sacrifice** [ˋsækrəˌfaɪs]

㊀「**做出犧牲**」

名「**犧牲**」

例 I don't want to **sacrifice** my family life for my career.

「我不想因工作犧牲家庭生活。」

451 ☐ **loom** [lum]

㊀「**隱約地出現／朦朧可見**」

例 The summit **loomed** ahead.

「前方隱約可見山頂。」

類 **appear / emerge**「出現」

解答

❶ 實施

❷（D）（A）interfere「干涉」／（B）send「寄送」／（C）sacrifice「做出犧牲」（➡450）

譯「他做股票及房產的投機買賣賺了1,000萬美元。」

- 將句中劃底線的單字譯成中文填入空格。
- ☐❶ The population has swollen in the last few years.

  「人口在過去數年（　　）。」
- 從（A）～（D）中選出最適當的選項填入空格裡。
- ☐❷ His criticism (　　) my confidence.

  （A）underwent　　　（B）underlay

  （C）undermined　　 （D）undertook

---

452 ☐ **undergo** [ˌʌndəˈgo]

　⑩「**接受**（檢查）／**經歷**（苦難）」

例 He **ungerwent** surgery for lung cancer.

　「他接受了肺癌手術。」

⟳ 時態變化**undergo-underwent-undergone**

類 **expérience**「經歷」

453 ☐ **undertake** [ˌʌndəˈtek]

　⑩「**接受／著手進行**」

例 She **undertook** a difficult task.

　「她接受了一項困難的任務。」

⟳ 時態變化**undertake-undertook-undertaken**

類 **take ～ on / take on ～**「接受」

　begín / stárt「開始」

454 ☐ **underlie** [ˌʌndɚˋlaɪ]

　　他「位於～之下／構成基礎」

例 This idea **underlies** his suggestion.

　　「這個想法構成他的提案基礎。」

⏱ 時態變化**underlie-underlay-underlain**

詞源 under「在～之下」＋lie「位於／在於」

形 **únderlỳing**「在下面的／基本的／根本的」

455 ☐ **undermine** [ˌʌndɚˋmaɪn]

　　他「逐漸損害／在～下挖（洞）」

詞源 under「在～下方」＋mine「挖掘」

456 ☐ **swell** [swɛl]

　　自「腫脹／增加〔增大〕」

　　他「使腫脹／使增加〔增大〕」

⏱ 時態變化**swell-swelled-swollen**

類 **expánd**「展開／使展開」

　　incréase「增加〔增大〕／使增加〔增大〕」

名 **swélling**「腫／膨脹」

解答

❶ 逐漸膨脹

❷ （C）（A）undergo「經歷」（➡452）／

　　（B）underlie「構成基礎」（➡454）／

　　（D）undertake「接受」（➡453）

譯「他的批評打擊了我的自信心。」

> ● 將句中劃底線的單字譯成中文填入空格。
> ☐❶ She <u>was disgusted</u> by what he said to her.
> 「她（　　　）他對她說過的話。」
> ● 從（A）～（D）中選出最適當的選項填入空格裡。
> ☐❷ I（　　）$1,000 from my bank account.
> （A）withheld　　　（B）withdrew
> （C）withstood　　　（D）withered

457 ☐ **withdraw** [wɪð`drɔ]
　　他「提領（存款）／撤回／撤退」
　　自「撤回／撤退」
⏱ 時態變化**withdraw-withdrew-withdrawn**
名 **withdráwal**「（存款的）提領／撤回」

458 ☐ **withhold** [wɪð`hold]
　　他「不給／保留」
例 The authority may **withhold** its permission
　　for the construction of the building.
　　「當局可能保留其對建物的建造許可。」
⏱ 時態變化**withhold-withheld-withheld**

459 ☑ **withstand** [wɪð`stænd]

㊀「禁得起／抵擋」

⏱ 時態變化**withstand-withstood-withstood**

例 The building can **withstand** a magnitude 7 earthquake.

「這棟建築物禁得起7級強度地震。」

460 ☑ **interpret** [ɪn`tɝprɪt]

㊀ ❶「解釋」 ❷「口譯」 ㊀「口譯」

例 I **interpreted** his silence as a refusal.

「我將他的沉默解釋為拒絕。」

類 **tránsláte**「翻譯」

名 **intèrpretátion**「解釋／口譯」

intérpreter「口譯者／解釋者」

461 ☑ **disgust** [dɪs`gʌst]

㊀「使作嘔／使厭煩」

名「作嘔／厭惡（感）」

形 **disgústing**「令人作嘔的／令人討厭的」

解答

❶ 厭惡

❷（B）（A）withhold「保留」（➡458）／
（C）withstand「禁得起」（➡459）／
（D）wither「使枯萎／枯萎」

譯「我從銀行帳戶提領1,000美元。」

- 將句中劃底線的單字譯成中文填入空格。
☐❶ She has divised a more efficient method.
　「她（　　　）更有效率的方法。」
- 從（A）～（D）中選出底線單字的同義詞。
☐❷ The policy is aimed at sustaining economic growth.
　　（A）maintaining　　（B）getting
　　（C）exploring　　　（D）approaching

462 ☐ **conceive** [kən`siv]
　他「**想出／構想出**」
　自「**想像**」<of>
例 He **conceived** a great idea.
　「他想出一個很棒的主意。」
類 **think up [of]** ~ / **come up with** ~「想出」
　imágine「想像」
名 **cóncept**「概念／想法」
形 **concéivable**「可想到的／可想像的」

463 ☐ **devise** [dɪ`vaɪz]
　他「**想出／策畫**」
類 **invént / concéive**「想出」

464 ☐ **retain** [rɪˋten]

　　他「保留／保持」

例 This material will **retain** its shape under high temperatures.

　　「這種素材在高溫下也能保持形狀〔不會變形〕。」

類 **kéep / maintáin**「保留」

465 ☐ **sustain** [səˋsten]

　　他「維持／禁得起／蒙受」

類 **maintáin / kéep**「維持」

466 ☐ **subsidize** [ˋsʌbsəˏdaɪz]

　　他「給～津貼〔補助款〕」

例 The government **subsidized** housing for low income families.

　　「政府給予低收入家庭房屋津貼。」

名 **súbsidy**「津貼／補助款」

形 **subsídiary**「補助的／津貼的」

第
4
章

解答

❶ 想出了

❷ （A）（A）maintain「維持」／（B）get「取得」／（C）explore「探測」（➡❷355）／（D）approach「接近」（➡❶261）

譯「這項政策以維持經濟成長為目標。」

動詞（36）

● 將句中劃底線的單字譯成中文填入空格。

☐❶ Stop procrastinating and get back to work.
「不要再（　　　），回去工作。」

● 從（A）～（D）中選出最適當的選項填入空格裡。

☐❷ I currently（　　）to three magazines.
（A）substitute　　　（B）subject
（C）subscribe　　　（D）succeed

467 ☐ **subscribe** [səb`skraɪb]

　　圓 ❶「訂閱〔訂購〕」

　　　　❷「捐助」

　　他「署名」

　名 **subscríption**「訂閱／捐助（款）」

468 ☐ **substitute** [`sʌbstə͵tjut]

　　他（**substitute** *A* **for** *B*）「使用A代替B」

　　圓「作為代替」<for>

　　名「代理人／代替品」

例 You can **substitute** margarine for butter in this recipe.

　　「在這道食譜中，你可以用人造奶油來代替奶油。」

類 **take the place of** ~ / **repláce**「取代」
　　députy「代理人」

469 ☑ **procrastinate** [proˋkræstə‚net]

　　📵「**拖延／延遲**（**該做的事**）」

　📛 **procràstinátion**「**拖延**」

470 ☑ **linger** [ˋlɪŋgɚ]

　　📵「**拖延／逗留**」

　📖 Some students **lingered** around the bus terminal.

　　「一些學生在公車總站附近逗留。」

　📗 **stáy / remáin**「逗留」

471 ☑ **fasten** [ˋfæsn]

　　📴「**繫緊／固定**」

　　📵「**扣緊**」

　📖 Please **fasten** your seat belts.

　　「請繫緊你的安全帶。」

　📗 **fíx**「固定」

　📕 **unfásten**「鬆開／解開」

第
4
章

📒 **解答**

❶ 拖延

❷ （C）（A）substitute「用～作為代替」（➡468）／
（B）subject「使服從於／學科／題材」
（➡❶584）／（D）succeed「成功／繼～之後」
（➡❶377）

📘「我目前訂購三本雜誌。」

● 將句中劃底線的單字譯成中文填入空格。

☑❶ His shirt <u>was crumpled</u>.

「他的襯衫（　　　）。」

● 從（A）～（D）中選出最適當的選項填入空格裡。

☑❷ His driver's license was (　　) for three months.

（A）expired　　　　（B）suspended

（C）obtained　　　　（D）tangled

---

472 ☑ **suspend** [sə`spɛnd]

他 ❶「暫時停止／使停職」 ❷「懸掛」

473 ☑ **defeat** [dɪ`fit]

他「**擊敗**（對手等）／**戰勝**」

名「**挫敗**」

例 Our team was **defeated** in the first game.

「我們的隊伍在第一回合被擊敗。」

類 **béat**「擊敗」

474 ☑ **exclaim** [ɪks`klem]

自 他「叫喊」

例 "What a surprise!" she **exclaimed**.

「她叫喊著：『嚇我一大跳！』」

類 **crý / shóut**「叫喊」

名 **èxclamátion**「驚叫／感嘆」

ⓘ **exclamation mark[point]** 為「驚嘆號（！）」。

475 ☑ **crumple** [krʌmpl̩]

他「**弄皺**」 自「**變皺**」

ⓘ **crúmble** 為「弄碎（粉碎）／變碎（變粉碎）」。

476 ☑ **tangle** [`tæŋgl̩]

他 ❶「**使糾纏／使糾結**」

❷「**陷入（混亂）**」<up>

自「**糾纏／糾結**」

名「**糾纏／糾結**」

例 The telephone cord is **tangled**.

「電話線纏在一起了。」

例 He got **tangled** up in the scandal.

「他陷入醜聞。」

類 **twíst**「纏繞」

反 **untángle**「解開（糾結的事物）」

解答

❶ 皺了

❷ （B）（A）expire「到期」（➡521）／
（C）obtain「獲得」（➡❷332）／（D）tangle
「糾纏」（➡476）

譯「他被吊扣駕照三個月。」

- 將句中劃底線的單字譯成中文填入空格。
☐❶ He was <u>boasting about</u> his past acheivements.

「他老是（　　　）過去的成就。」
- 從（A）～（D）中選出最適當的選項填入空格裡。
☐❷ The audience（　　　）their hands and cheered.

（A）clapped （B）flattered

（C）praised （D）exaggerated

477 ☐ **boast** [bost]

⾃「**自誇**」<about / of>

他 ❶「**以～自豪**」❷「**（場所等）擁有**」

類 **posséss / háve / ówn**「**擁有**」

478 ☐ **flatter** [ˋflætɚ] 他「**諂媚／使高興**」

例 You **flatter** me.

「您過獎了。」

類 **cómplimènt**「**恭維**」

名 **fláttery**「**諂媚（的舉動）**」

479 ☐ **applaud** [əˋplɔd]

他「**為～鼓掌／讚賞**」⾃「**鼓掌**」

例 The audience **applauded** him.

「觀眾為他鼓掌。」

類 **práise**「讚賞」、**cláp**「拍手」

名 **appláuse**「拍手喝采／讚賞」

480 ☑ **clap** [klæp]

　　他「拍（手）」

　　自「拍手」

　　名「拍打聲」

類 **appláud**「拍手」

481 ☑ **carpool** [`kɑr͵pul]

　　自「共乘自用車」

　　名「共乘」

例 Many companies encourage their employees to **carpool**.

　　「很多公司鼓勵員工共乘（通勤）。」

482 ☑ **scrub** [skrʌb]

　　他 自「用力擦洗」

例 I **scrubbed** the tub with a brush.

　　「我用刷子使勁擦洗浴缸。」

解答

❶ 自誇

❷（A）（B）flatter「諂媚」（→478）／（C）praise「讚賞」（→❷262）／（D）exaggerate「誇張」（→496）

譯 「觀眾拍手喝采。」

- 將句中劃底線的單字譯成中文填入空格。
☐❶ He inherited a large fortune.
「他（　　　）一大筆財產。」
- 從（A）～（D）中選出底線單字的同義詞。
☐❷ His statement was flatly contradicted.
（A）denied　　　（B）received
（C）made　　　（D）issued

483 ☐ **contradict** [ˌkɑntrəˋdɪkt]
他「否定／反駁」
自「發生矛盾／反駁」
類 **dený**「否定」
名 **còntradíction**「否定／反駁／矛盾」

484 ☐ **accord** [əˋkɔrd]
自「一致」<with>
例 His opinion doesn't **accord** with mine.
「他和我的意見不一致。」
類 **agrée** / **còrrespónd**「一致」
agréement「一致」
名 **accórdance**「一致／符合」
片 **in accórdance with** ~「依照／按照」

485 ☑ **inherit** [ɪn`hɛrɪt] 他 自「繼承」
　類 **succéed (to ~)**「繼承」
　名 **inhéritance**「繼承」

486 ☑ **commemorate** [kə`mɛmə‚ret]
　他「為～舉行紀念活動／慶祝」
　例 The event is to **commemorate** the 50th anniversary.
　　「該活動是為了紀念50週年而舉行的。」
　類 **célebràte**「慶祝」
　名 **còmmemorátion**「紀念／慶典」

487 ☑ **mount** [maʊnt]
　自「增加」
　他 ❶「著手開始」❷「安裝」
　例 The company's financial problems have been **mounting** for several years.
　　「公司近幾年的財務問題持續增加。」
　類 **incréase**「增加」

解答
❶ 繼承
❷ （A）（A）deny「否定」（➡❶309）／
　（B）receive「接到」／（C）make a statement
　「發表聲明」／（D）issue「發行」（➡❶374）
　譯「他的陳述遭到斷然否定。」

- 將句中劃底線的單字譯成中文填入空格。
- ☑❶ She stooped down to talk to her child.
  「她（　　　）和她的孩子説話。」
- 從（A）～（D）中選出最適當的選項填入空格裡。
- ☑❷ I spent the afternoon (　　) along the beach.
  - （A）kneeling　　　（B）sipping
  - （C）dozing　　　　（D）strolling

488 ☑ **crawl** [krɔl]

　　自「爬／緩慢地移動」名「爬行」

例 The baby is **crawling** around the room.

　　「嬰兒正在房間爬行。」

⏱ 游泳的「自由式」也是使用這個單字來表現。

489 ☑ **kneel** [nil]

　　自「跪下／跪著」

例 They are **kneeling** in prayer.

　　「他們正跪著祈禱。」

相關 **knée**「膝蓋」

490 ☑ **stoop** [stup]

　　自「彎下腰」

類 **bénd (dówn)**「彎下腰」

491 ☑ **stroll** [strol]

　他　自　「遛達／散步」

492 ☑ **sip** [sɪp]

　他　自　「啜飲」

　名　「啜飲／（飲料的）一小口」

例 The man is **sipping** a cup of coffee.

　「這位男性正啜飲一杯咖啡。」

493 ☑ **drizzle** [`drɪzl̩]

　自　「下毛毛雨」

　名　「毛毛雨」

例 It's been **drizzling** since last night.

　「昨晚開始下毛毛雨。」

494 ☑ **doze** [doz]

　自　「打瞌睡／打盹」

　名　「瞌睡」

例 She was **dozing** when the doorbell rang.

　「當門鈴響的時候，她正在打瞌睡。」

解答

❶ 彎下腰

❷ （D）（A）kneel「跪著」（➡489）／（B）sip 「啜飲」（➡492）／（C）doze「打瞌睡」（➡494）

譯 「午後我沿著海邊散步。」

● 將句中劃底線的單字譯成中文填入空格。

☐❶ He tends to <u>exaggerate</u> everything.

「他傾向對每件事都（　　）。」

● 從（A）～（D）中選出底線單字的同義詞。

☐❷ She suddenly <u>seized</u> my arm.

　　（A）grabbed　　　（B）raised

　　（C）clapped　　　（D）shook

---

495 ☐ **seize** [siz]

　　㉙「抓住」

　類 **gráb / grásp**「抓住」

496 ☐ **exaggerate** [ɪɡˋzædʒəˌret]

　　㉙ ㉟「對～誇大其辭／誇張」

　類 **òverstáte**「誇張」

　名 **exàggerátion**「誇張」

497 ☐ **frown** [fraʊn]

　　㉟「皺眉」

　　名「愁眉苦臉」

　例 Why are you **frowning**?

　　「你為何愁眉苦臉？」

　類 **scówl**「皺眉」

498 ☑ **ascend** [əˋsɛnd]

他「爬／往上」自「爬／上升／登上」

例 The man is **ascending** the stairs.

「那位男人正在爬樓梯。」

類 **go up / clímb**「爬」

反 **descénd**「下來／下降」

499 ☑ **descend** [dɪˋsɛnd]

他 自「下來／下降」

例 They are **descending** the mountain.

「他們正要下山。」

反 **ascénd**「上升／爬」

500 ☑ **commute** [kəˋmjut]

自「通勤〔通學〕」他「減輕」

例 How many people **commute** to New York city every day?

「每天有多少人通勤到紐約市呢？」

名 **commúter**「通勤者」

第4章

解答

❶ 誇大其辭

❷ （A）（A）grab「抓住」／（B）raise「舉起」（➡❶295）／（C）clap「拍（手）」（➡480）／（D）shake「搖」。shake hands是指「握手」。

譯「她突然抓住我的手臂。」

- 將句中劃底線的單字譯成中文填入空格。
- ☑❶ I was shocked to find that my car <u>had been towed</u>.

  「我很訝異我的車（　　　）。」
- 從（A）～（D）中選出最適當的選項填入空格裡。
- ☑❷ I (　　) the sauce with water.

  （A）diluted　　　　（B）leaked

  （C）polished　　　（D）shattered

---

501 ☑ **dilute** [daɪˋlut]

　　他「**稀釋**」形「**稀釋的**」

　名 **dilútion**「稀釋」

502 ☑ **tow** [to] 他「**牽引／拖走**」

503 ☑ **litter** [ˋlɪtɚ]

　　他 自「**把～弄得亂七八糟／亂丟**」

　　名「**雜亂／廢棄物**」

　例 The place is **littered** with bottles and cans.

　　「這個地方被丟滿瓶瓶罐罐。」

504 ☑ **insert** [ɪnˋsɝt] 他「**插入／嵌入**」

　例 **Insert** your card and enter your PIN number.

　　「插入你的卡，並輸入PIN碼。」

505 ☐ **shatter** [`ʃætɚ]

他「**砸碎**」自「**破碎**」

例 The plate fell and **shattered** on the floor.

「盤子掉在地板上摔得粉碎。」

類 **smásh**「砸碎／粉碎」

506 ☐ **leak** [lik]

自「**滲漏**」他「**使滲漏**」

名「**漏洞／裂縫**」

例 Water was **leaking** from the pipe.

「水正從管子漏出來。」

507 ☐ **polish** [`pɑlɪʃ]

他「**擦亮**」名「**擦亮劑**」

例 He **polishes** his shoes every morning.

「他每天早上擦亮他的鞋子。」

類 **shíne**「擦亮」

第4章

解答

❶ 被拖走

❷（A）（B）leak「使滲漏」（➡506）／（C）polish
「擦亮」（➡507）／（D）shatter「砸碎」（➡505）

譯「我用水稀釋醬汁。」

> ● 將句中劃底線的單字譯成中文填入空格。
> ☐❶ We embarked on the campaign.
>   「我們（　　　）進行宣傳活動。」
> ● 從（A）～（D）中選出最適當的選項填入空格裡。
> ☐❷ The curtains have been (　　) by the sun.
>   （A）fed　　　　　　（B）faded
>   （C）extinguished　（D）expired

508 ☐ **embark** [ɪm`bark]
　　 自 ❶「上（船、飛機等）」 ❷「著手」<on / upon>
　　 他「載（乘客）」
　 類 **get on[in]** ～「搭乘」、**láunch**「著手」
　 反 **dìsembárk**
　　　「下（船、飛機等）／讓（乘客）下車」

509 ☐ **disembark** [͵dɪsɪm`bark]
　　 自「下（船、飛機等）」
　　 他「讓（乘客）下車」
　 例 Most of the passengers have already **disem-barked** from the plane.
　　　「大部分的乘客已經下飛機了。」
　 類 **get off [out of]** ～「從～下來」
　 反 **embárk**「上（船、飛機等）／載（乘客）」

510 ☑ **feed** [fid]

　　他「**餵食**」

例 Please do not **feed** the animals.

　　「請勿餵食動物。」

⏱ 時態變化**feed-fed-fed**

片 **be fed up with** ~「對～感到厭煩」

511 ☑ **unload** [ʌn`lod]

　　他「**卸（貨）**」

例 They **unloaded** the goods from the truck.

　　「他們從卡車上卸下貨物。」

反 **lóad**「裝載（貨）」

512 ☑ **fade** [fed]

　　自「**（顏色）褪去／（花）凋謝**」

　　他「**使褪色／使（花）凋謝**」

類 **wíther**「凋謝」

第4章

解答

❶ 著手

❷ （B）（A）feed「餵食」（➡510）／
（C）extinguish「熄滅」（➡520）／（D）expire
「到期」（➡521）

譯「窗簾被太陽曬到褪色了。」

- 將句中劃底線的單字譯成中文填入空格。

☑❶ The country has <u>violated</u> the treaty.

「該國（　　　）協定。」

- 從（A）～（D）中選出底線單字的同義詞。

☑❷ The country <u>implemented</u> substantial
economic reforms last year.

（A）carried out　　（B）pointed out

（C）depended on　　（D）took over

---

513 ☑ **violate** [`vaɪəˌlet]

⑩「**違反（法令）／違背**」

名 **vìolátion**「違反／違反行為」

514 ☑ **ratify** [`rætəˌfaɪ] ⑩「**批准／認可**」

例 Six countries **ratified** the treaty.

「六個國家批准了這項協定。」

類 **appróve**「認可」

名 **ràtificátion**「批准／認可」

515 ☑ **implement** ⑩ [`ɪmpləˌmɛnt] 名 [`ɪmpləmənt]

⑩「**實施**」名「**工具／器具**」

類 **carry ~ out / cárry out ~**「實施」

tóol「工具」

516 ☐ **glance** [glæns]

　　圓「**瞥見**」<at>

　　图「**一瞥／（光的）閃耀**」

圀 He **glanced** at his watch again.

　　「他又瞥一下他的手錶。」

圀 **glímpse**「一瞥／瞥見」

517 ☐ **cater** [`ketɚ]

　　他 圓 ❶「**承辦宴席**」❷「**迎合（需求）**」

圀 They **catered** our wedding reception.

　　「他們承辦我們的結婚喜宴。」

图 **cáterer**「承辦宴席的人」、**cátering**「承辦宴席」

518 ☐ **pat** [pæt]

　　他 圓「**輕拍**」图「**輕拍**」

圀 She **patted** me on the shoulder.

　　「她輕拍我的肩膀。」

圀 **táp**「輕拍」

解答

❶ 違反了

❷ （A）（A）carry out ～「實行」（➡❶538）／

　　（B）point out ～「指出」（➡❶509）／

　　（C）depend on ～「依賴」／（D）take over ～

　　「繼任」（➡728）

譯「國家去年實施大規模的經濟改革。」

● 將句中劃底線的單字譯成中文填入空格。

☐❶ The boy is peeling a banana.

「男孩（　　　）香蕉。」

● 從（A）～（D）中選出底線單字的同義詞。

☐❷ She contacted him to solicit his support.

（A）request　　　（B）refuse

（C）accept　　　（D）win

---

519 ☐ **solicit** [sə`lɪsɪt]

他 自「**請求／懇求**」

類 **ask for ~ / requést**「要求」

520 ☐ **extinguish** [ɪk`stɪŋgwɪʃ]

他「**熄滅／使消失**」

例 Be sure to **extinguish** the fire before leaving the site.

「請務必在離開現場前將火熄滅。」

名 **extínction**「滅絕」

形 **extínct**「滅絕的」

類 **put ~ out / put out ~**「熄滅」

521 ☐ **expire** [ɪk`spaɪr]

自「**終止／屆滿／期滿**」

例 My membership **expired** last month.

「我的會員資格上個月到期了。」

類 **énd**「結束」

名 **èxpirátion**「終止/期滿」

522 ☐ **peel** [pil]

他「剝〜的皮」自「（皮）剝落」名「皮」

類 **páre**「削〜的皮」、**skín**「皮」

523 ☐ **rinse** [rɪns]

他「沖洗/沖掉」名「沖洗」

例 The woman is **rinsing** the dishes.

「這個女人正在沖洗盤子。」

524 ☐ **clog** [klɑg]

他「阻塞（管子）/堵塞」

自「（管子）阻塞」

例 The drain is **clogged** with hair.

「頭髮堵塞了排水管。」

類 **blóck**「堵塞」

解答

❶ 正在剝

❷ （A）（A）request「請求」（➡❶360）/
（B）refuse「拒絕」（➡❷287）/（C）accept
「接受」（➡❶272）/（D）win「贏取」

譯「她為了尋求援助而聯繫他。」

第4章
章

形容詞・副詞（1）

● 將句中劃底線的單字譯成中文填入空格。

☐❶ He lives in an <u>affluent</u> neighborhood.

「他住在一個（　　　）社區。」

● 從（A）～（D）中選出底線單字的同義詞。

☐❷ They gave us a <u>tremendous</u> amount of information.

（A）small 　　　　（B）bit

（C）immense 　　（D）useful

---

525 ☐ **affluent** [`æflʊənt] 形「**富裕的**」

類 **rích / wéalthy**「富有的」

526 ☐ **ample** [`æmpḷ] 形「**充裕的／豐富的**」

例 There is **ample** time to complete the task.

「有充裕的時間完成這項工作。」

類 **enóugh / suffícient**「充足的」

　　abúndant / pléntiful / rích「豐富的」

副 **ámply**「充分地」

527 ☐ **abundant** [ə`bʌndənt] 形「**豐富的**」

例 This area is **abundant** in natural resources.

「這個地區自然資源豐富。」

類 **rích / pléntiful / ámple**「豐富的」

名 **abúndance**「大量／豐富」

528 ☑ **immense** [ɪˋmɛns]

形「龐大的／巨大的」

例 It will cost an **immense** amount of money to construct the building.

「建造這棟建築將花費龐大的金額。」

類 **húge / vást / enórmous / treméndous**「龐大的」

副 **imménsely**「非常／龐大地」

529 ☑ **tremendous** [trɪˋmɛndəs]

形「驚人的／極大的／巨大的」

類 **húge / enórmous / imménse / vást**「極大的」

副 **treméndously**「驚人地／非常」

530 ☑ **substantial** [səbˋstænʃəl]

形「相當的／可觀的」

例 **Substantial** sums of money were spent on the project.

「該計畫花費相當多的金額。」

類 **consíderable**「相當大的／相當多的」

第5章

解答

❶ 富裕的

❷ （C）（A）small「少的」／（B）bit「一點點」／（D）useful「有益的」

譯「他們提供我們非常大量的資訊。」

形容詞・副詞（2）

- 將句中劃底線的單字譯成中文填入空格。

☐❶ He is a very <u>prominent</u> scientist in mathe-
matics.

「他是一位非常（　　　）數學家。」

- 從（A）～（D）中選出底線單字的同義詞。

☐❷ We are facing two <u>distinct</u> problems.
（A）different　　　（B）distinguished
（C）serious　　　（D）fundamental

---

531 ☐ **distinct** [dɪ`stɪŋkt]

彤「有區別的／截然不同的／明顯的」

類 **séparàte / discréte / dífferent**「分別的」
cléar「明顯的」

532 ☐ **distinctive** [dɪ`stɪŋktɪv]

彤「有特色的／與眾不同的」

例 The singer has a **distinctive** voice.

「這位歌手有一副極具特色的嗓音。」

類 **chàracterístic / uníque**「有特色的」

533 ☐ **distinguished** [dɪ`stɪŋgwɪʃt]

彤「有名的／聞名的／卓越的」

例 He is a **distinguished** biologist.

「他是一位有名的生物學家。」

動 distínguish「區別」
類 fámous / éminent / próminent「有名的」

534 ☐ prominent [ˋprɑmənənt]
形「有名的／重要的／顯眼的」
類 fámous / distínguished / éminent「有名的」
副 próminently「顯眼地／顯著地」

535 ☐ fabulous [ˋfæbjələs]
形「極好的／驚人的」
例 I had a fabulous weekend!
「我度過了一個非常美好的週末！」
類 wónderful / treméndous「很棒的」

536 ☐ superb [suˋpɝb]
形「極好的／華麗的」
例 The show was superb from start to finish.
「這個表演從頭到尾都好極了。」
類 éxcellent / wónderful「很棒的」

解答
❶ 有名的
❷ （A）（A）different「不同的」／
（B）distinguished「有名的」（➡533）／
（C）serious「嚴重的」／（D）fundamental
「根本的」
譯「我們正面對兩個截然不同的問題。」

- 將句中劃底線的單字譯成中文填入空格。
☑❶ The debt is <u>outstanding</u>.
　「這筆債務（　　　）。」
- 從（A）～（D）中選出底線單字的同義詞。
☑❷ This village is <u>renowned</u> for its historical heritage.
　（A）beautiful　　（B）rural
　（C）small　　　　（D）famous

---

537 ☐ **terrific** [tə`rɪfɪk]
形「（程度）可怕的／極好的」
例 There was a **terrific** bang from his house.
「有一聲可怕的巨響從他家傳出。」
例 You look **terrific**!
「你看起來很不錯耶！」
類 **treméndous**「驚人的」、**wónderful**「很棒的」

538 ☐ **prestigious** [prɛs`tɪdʒɪəs]
形「一流的／有聲望的／有名的」
例 He graduated from a **prestigious** university in Boston.
「他畢業於波士頓一所一流的大學。」
名 **prestíge**「名聲／威信」

539 ☑ **renowned** [rɪˋnaʊnd]

　　形「有名的／聞名的」

類 **fámous**「有名的」

540 ☑ **outstanding** [ˋaʊtˋstændɪŋ]

　　形 ❶（褒獎）「顯著的／傑出的」

　　　❷「未償付的」

例 Their performance was **outstanding**.

　　「他們的表演非常傑出。」

類 **remárkable**「顯著的」、**unpáid**「未繳納的」

541 ☑ **leading** [ˋlidɪŋ]

　　形「一流的／主要的／領導的」

例 This is one of the **leading** food companies in the world.

　　「這是世界上最具領導地位的食品公司之一。」

類 **máin**「主要的」

動 **léad**「引導／領導」

第5章

解答

❶ 尚未償還（尚未繳納）

❷（D）（A）beautiful「美麗的」／（B）rural「鄉村的」／（C）small「小的」／（D）famous「有名的」

譯「這個村落以歷史遺產聞名。」

● 將句中劃底線的單字譯成中文填入空格。

☐ ❶ Her knowledge and experience is <u>invaluable</u> to us.

「她的知識和經驗對我們而言是（　　　）。」

● 從（A）～（D）中選出底線單字的同義詞。

☐ ❷ The museum has a <u>splendid</u> collection of contemporary art.

（A）wide 　　　（B）excellent

（C）brand-new 　（D）recent

542 ☐ **exquisite** [ɪk`skwɪzɪt]

形 「最頂級的／無可挑剔的／精美的」

例 This restaurant serves **exquisite** French cuisine.

「這家餐廳供應最頂級的法國料理。」

類 **(extrémely) béautiful**「精美的」

543 ☐ **splendid** [`splɛndɪd]

形 「極好的／豪華的」

類 **éxcellent / wónderful**「極好的」

magníficent「豪華的」

544 ☑ **crucial** [`kruʃəl]
形「**必要的／極為重要的／決定性的**」

例 Leadership is a **crucial** factor in business success.

「領導力是企業成功的必要因素。」

類 **esséntial**「必要的」、**vítal**「極為重要的」

545 ☑ **invaluable** [ɪn`væljəbḷ] 形「**無價的**」

⏱ 是 **valuable**「有價值的／寶貴的」加強語氣形容詞，並非相反詞。

反 **válueless**「一文不值的」

546 ☑ **requisite** [`rɛkwəzɪt]
形「**必要的／不可或缺的**」名「**必要的事物**」

例 He didn't get the position because he lacked the **requisite** skills.

「他因為缺乏必要的技能，所以沒有獲得該職位。」

類 **nécessàry / requíred**「必要的」
requírement「必要的事物」

第5章

解答
❶ 無價的
❷（B）（A）wide「寬的」／（B）excellent「出色的」／（C）brand-new「全新的」（➡❷485）／（D）recent「最近的」（➡❶399）

譯「美術館內展有出色的當代藝術收藏品。」

- 將句中劃底線的單字譯成中文填入空格。

☑❶ It is <u>inevitable</u> that she will resign.

　　「她的離職是（　　　）。」

- 從（A）～（D）中選出最適當的選項填入空格裡。

☑❷ She kept a (　　) eye on her child.

　　（A）critical 　　　　（B）imperative

　　（C）watchful 　　　　（D）sore

---

547 ☑ **inevitable** [ɪnˈɛvətəbl]

　　形「不可避免的／必然的」

名 **inèvitabílity**「必然性／不可避免的事」

副 **inévitably**「必然地／必須」

548 ☑ **imperative** [ɪmˈpɛrətɪv]

　　形「必須的／必要的／不可避免的」

例 It's **imperative** that we take action now.

　　「我們必須要現在付諸行動才行。」

類 **vítal / crúcial**「極為重要的」

549 ☑ **alert** [əˈlɝt]

　　形「留意的／敏感的／機靈的」

　　他「向～提出警告」名「警報」

例 We need to be **alert** to new trends.

　　「我們需要對新的趨勢保持敏感。」

類 **atténtive / wátchful**「留意的」
片 **on (the) alert**「保持高度警戒」

550 ☐ **attentive** [ə`tɛntɪv]
　　形「注意的／關懷的」
例 You should be more **attentive** to your eating habits.
　　「你應該更注意你的飲食習慣。」
類 **alért / wátchful**「注意的」
名 **atténtion**「注意」
動 **attend (to ~)**「關注（於）」

551 ☐ **watchful** [`wɑtʃfəl]
　　形「注意的／戒備的」
類 **alért / atténtive**「留意的」
動 **wátch**「注視」

第5章

解答
❶ 不可避免的
❷ （C）（A）critical「批評的」（➡❷480）／（B）imperative「必須的」（➡548）／（D）sore「痛的」
譯「她仔細注視著她的孩子。」

- 將句中劃底線的單字譯成中文填入空格。
- ☐❶ She is a <u>promising</u> actress.
  「她是一位（　　　）演員。」
- 從（A）～（D）中選出底線單字的同義詞。
- ☐❷ You should be more <u>discreet</u> about money.
  - （A）curious　　　（B）proficient
  - （C）anxious　　　（D）careful

---

552 ☐ **discreet** [dɪ`skrit]
　　形「**慎重的／考慮周到的**」

　🎵 與 **discréte** 形「分離的」發音相同
　類 **cáreful**「慎重的」

553 ☐ **proficient** [prə`fɪʃənt]
　　形「**熟練的／精通的**」

　例 He is **proficient** in English and Spanish.
　「他精通英文和西班牙文。」
　名 **profíciency**「熟練／精通」

554 ☐ **promising** [`prɑmɪsɪŋ]
　　形「**有前途的**」
　類 **hópeful**「有前途的」
　名 **prómise**「承諾」
　動 **prómise**「允諾」

555 ☐ **vigorous** [ˋvɪgərəs]

形「精力充沛的／活潑的」

例 They are conducting a **vigorous** campaign to promote tourism.

「為促進觀光，他們舉行了一場充滿活力的活動。」

類 en**è**rg**é**tic「精力旺盛的」

名 v**í**gor「精力／活力」

副 v**í**gorously「精力充沛地／活潑地」

556 ☐ **tolerant** [ˋtɑlərənt]

形 ❶「寬容的／寬大的」

❷「有耐性的」

例 He is **tolerant** of his subordinates' mistakes.

「他對下屬所犯的錯誤是寬容的。」

類 l**é**nient「寬大的」

反 int**ó**lerant「無法寬容」

名 t**ó**lerance「寬容／容忍／耐性」

第5章

解答

❶ 有前途的

❷ （D）（A）curious「好奇的」／（B）proficient 「熟練的」（➡553）／（C）anxious「掛念的」 （➡❶415）／（D）careful「慎重的」

譯「你應該更謹慎看待金錢。」

> ● 將句中劃底線的單字譯成中文填入空格。
> ☑❶ The hotel staff were extremely <u>courteous</u>.
> 　「飯店的工作人員都非常（　　　）。」
> ● 從（A）～（D）中選出底線單字的同義詞。
> ☑❷ Give me your <u>candid</u> opinion?
> 　（A）frank　　　　（B）contrary
> 　（C）different　　　（D）intelligent

557 ☑ **competent** [ˋkɑmpətənt]

　形 「能幹的／有能力的」

例 Ms. Rivera is a highly **competent** attorney.

　「李維拉女士是一位非常能幹的律師。」

類 **áble / cápable / effícient**「能幹的」

558 ☑ **cordial** [ˋkɔrdʒəl]

　形 「真摯的／熱忱的」

例 I received a **cordial** letter from him.

　「我收到一封來自他的真摯的信。」

559 ☑ **candid** [ˋkændɪd]

　形 「坦率的／直言的」

類 **fránk**「坦率的」

560 ☑ **courteous** [`kɝtjəs]

形「謙恭的／有禮貌的」

類 **políte**「謙恭的／有禮貌的」

名 **cóurtesy**「禮貌」

561 ☑ **eligible** [`ɛlɪdʒəbl̩]

形「有資格的／有希望的」

例 These courses are **eligible** for financial aid.

「這些課程（參與者）有資格獲得財力資助。」

562 ☑ **intimate** [`ɪntəmɪt]

形 ❶「親密的／個人的」

❷「（房間）舒適的」

例 We enjoyed dinner at an **intimate** restaurant.

「我們在一間舒適的餐廳享受晚餐。」

類 **clóse**「親密的」

pérsonal / prívate「個人的」

第5章

解答

❶ 有禮貌

❷ （A）（A）frank「坦率的」／（B）contrary「相反的」（➡❷534）／（C）different「不同的」／（D）intelligent「聰明的」

譯「可否坦白告訴我你的意見？」

形容詞・副詞（8）

- 將句中劃底線的單字譯成中文填入空格。
☐❶ He has a <u>moderate</u> income.
    「他有一份（　　　）收入。」
- 從（A）～（D）中選出底線單字的同義詞。
☐❷ Nancy is a talented and <u>diligent</u> student.
    （A）capable　　　　（B）humble
    （C）hardworking　　（D）decent

---

563 ☐ **diligent** [`dɪlədʒənt]
　　形「**勤勉的／工作〔讀書〕勤奮的**」
類 **indústrious / hárdwórking**「勤勉的」
副 **díligently**「勤勉地／勤奮地」

564 ☐ **dominant** [`dɑmənənt]
　　形「**最強大的／主要的／有支配的**」
例 The company has a **dominant** position in the market.
　　「這家公司在市場具有最強大的地位。」
名 **dóminance**「優越的地位／優勢／支配」

565 ☐ **decent** [`disnt] 形「**合宜的／穿著得體的**」
例 She wants to get a job with a **decent** salary.
　　「她想找一份薪水不錯的工作。」
類 **próper / respéctable**「合適的」

566 ☑ **humble** [ˋhʌmbl̩]

形「客氣的／謙遜的／簡樸的」

例 She lives a **humble** life with her husband.

「她和先生過著簡樸的生活。」

類 **módest**「謙虛的」

567 ☑ **moderate** [ˋmɑdərɪt]

形「適當的／一般的／有節制的」

類 **módest**「適當的」

órdinàry「一般的」

568 ☑ **mediocre** [ˋmidɪˌokɚ]

形「平凡的／一般的／不好不壞」

例 His performance was **mediocre**.

「他的演奏很普通。」

類 **órdinàry / cómmon / áverage**「一般的」

第 5 章

解答

❶ 適當的

❷（C）（A）capable「能幹的」／（B）humble
「謙遜的」（➡566）／（C）hardworking「勤勉
的」／（D）decent「合宜的」（➡565）

譯「南西是個有才華又勤奮的學生。」

● 將句中劃底線的單字譯成中文填入空格。

☐ ❶ He gave <u>explicit</u> instructions on how to perform the task.

「他給了如何執行任務的（　　）指示。」

● 從（A）～（D）中選出最適當的選項填入空格裡。

☐ ❷ Our consultants are experts in their（　　）fields.

（A）respectful　　（B）respective

（C）respectable　　（D）respect

---

569 ☐ **notable** [`notəbl]

形「**值得注意的／有名的／顯著的**」

例 The town is **notable** for its historic architecture.

「這個城鎮以其歷史悠久的建築而聞名。」

類 **remárkable**「值得注意的」

　　fámous「有名的」

動 **nóte**「注意到」

副 **nótably**「顯著地」

570 ☐ **sturdy** [`stɝdɪ] 形「**堅固的／健壯的**」

例 This table is **sturdy** and durable.

「這張桌子堅固且耐用。」

類 **stróng**「堅固的」

571 ☐ **visionary** [ˋvɪʒəˌnɛrɪ]

形 ❶「有遠見的」

❷「空想的」

例 We need a more **visionary** plan.

「我們需要一個更有遠見的計畫。」

名 **vísion**「（未來）洞察力／先見性／視野」

572 ☐ **explicit** [ɪkˋsplɪsɪt]

形「明確的／明顯的／直截了當的」

類 **cléar**「明確的」

副 **explícitly**「明確地」

573 ☐ **respective** [rɪˋspɛktɪv]

形「分別的／各自的」

副 **respéctively**「分別地」

第5章

解答

❶ 明確

❷ （B）（A）respectful「恭敬的」（➡❷516）／
（C）respectable「體面的」（➡❷515）／
（D）respect 動「尊敬」（➡❶224）

譯「我們的顧問是各自領域的專家。」

形容詞・副詞（10）

● 將句中劃底線的單字譯成中文填入空格。

☐❶ This <u>dismal</u> weather will continue until the weekend.

「這種（　　）天氣將持續到這個週末。」

● 從（A）～（D）中選出最適當的選項填入空格裡。

☐❷ The flight was cancelled due to （　）weather.

（A）pessimistic 　　（B）ambiguous

（C）perishable 　　（D）inclement

---

574 ☐ **dismal** [`dɪzml]] 形「令人憂鬱的／陰暗的」

575 ☐ **gloomy** [`glumɪ]

形「令人憂鬱的／悲觀的／微暗的」

例 It was a **gloomy** day.

「真是令人憂鬱的一天。」

類 **dísmal**「令人憂鬱的」、**pèssimístic**「悲觀的」

名 **glóom**「陰暗／憂鬱的心情」

576 ☐ **hazy** [`hezɪ]

形「模糊的／有薄霧的／朦朧的」

例 It was a sunny but **hazy** day.

「那是個晴朗但有薄霧的日子。」

577 ☐ **bleak** [blik]

形「渺茫的（未來等）／**寒風刺骨的（氣候等）**」

例 The future of the industry looks **bleak**.

「這個產業的未來看似渺茫。」

類 **unprómising**「沒有希望的」

unfávorable「不利的」

578 ☐ **inclement** [ɪn`klɛmənt]

形「**嚴峻的**（氣候）／**要惡化的**（天氣）」

579 ☐ **rigorous** [`rɪgərəs]

形「**嚴密的／嚴格的／嚴峻的**（氣候等）」

例 They have conducted a **rigorous** analysis of the evidence.

「他們對證據進行了嚴密的分析。」

類 **stríct**「嚴格的」

sevére「嚴峻的（氣候等）」

第
5
章

解答

❶ 令人憂鬱的

❷ （D）（A）pessimistic「悲觀的」（➡681）／
（B）ambiguous「含糊不清的」／（C）perishable
「容易腐壞的（食物等）」（➡595）

譯「由於氣候惡劣，航班取消。」

形容詞・副詞（11）

- 將句中劃底線的單字譯成中文填入空格。
- ☑❶ The theory is too <u>abstract</u> to be useful.
  「這個理論過於（　　　），並不實用。」
- 從（A）～（D）中選出底線單字的同義詞。
- ☑❷ His explanation was <u>obscure</u>.
  （A）understandable　（B）simple
  （C）unclear　　　　（D）short

---

580 ☑ **adverse** [æd`vɝs]

　　形「（天候等）**不利的／不適宜的**」

例 The police have warned them to take extra care
when driving in **adverse** weather conditions.

「警察警告他們天候不佳時開車要格外小心。」

類 **dángerous**「危險的」

　　unfávorable「不適宜的」

名 **advérsity**「逆境／不幸」

副 **advérsely**「不利地／不適宜地」

581 ☑ **obscure** [əb`skjʊr]

　　形「**模糊的／朦朧的／隱匿的**」

類 **uncléar**「模糊的」、**unknown**「不為人知的」

反 **cléar**「清楚的」

名 **obscúrity**「不清楚／朦朧（的狀態）」

582 ☑ **abstract** [æb`strækt]

形「抽象的」

名「摘要／抽象（概念）」

類 **súmmary**「摘要」

反 **cóncréte**「具體的」

583 ☑ **awkward** [`ɔkwəd]

形「尷尬的／不靈活的／笨拙的」

例 There was an **awkward** silence after I asked the question.

「在我提問之後，出現了一陣尷尬的沉默。」

類 **embárrassing**「尷尬的」、**clúmsy**「笨拙的」

584 ☑ **dim** [dɪm]

形「微暗的／模糊的」

例 The lights in the room were very **dim**.

「房間的燈光非常黯淡。」

類 **dárk**「黑暗的」

副 **dímly**「微暗地」

第
5
章

解答

❶ 抽象

❷ （C）（A）understandable「可理解的」／（B）simple「單純的／易懂的」／（C）unclear「模糊的」／（D）short「短的」

譯「他的解釋很模糊。」

● 將句中劃底線的單字譯成中文填入空格。
☐❶ You must post the notice in a conspicuous place.
「你必須把通知張貼在（　　）的地方。」
● 從（A）～（D）中選出底線單字的同義詞。
☐❷ The team has won three successive games.
（A）close　　　　（B）important
（C）opening　　　（D）consecutive

585 ☐ **vague** [veg]
㊟「含糊的／模糊不清的／曖昧的」
㊸ I only had a **vague** idea of what he was going to do.
「我對他要做的事只有含糊的想法。」
㊸ **ambíguous**「曖昧的」
㊸ **váguely**「含糊地／曖昧地」

586 ☐ **conspicuous** [kənˋspɪkjʊəs]
㊟「明顯的／顯著的」
㊸ **nóticeable**「顯而易見的」
outstánding「顯著的」
㊸ **conspícuously**「明顯地／顯著地」

218

587 ☐ **artificial** [ˌɑrtəˋfɪʃəl]

㊢「人工的」

例 The **artificial** flowers were made of paper and cloth.

「人造花是由紙和布做成的。」

類 **mán-máde**「人工的／人造的」

反 **nátural**「自然的」

名 **árt**「藝術／人工／技術」

相關 **àrtifícially**「人工地／不自然地」

588 ☐ **consecutive** [kənˋsɛkjətɪv]

㊢「連續的」

例 It rained for three **consecutive** days.

「一連下了三天的雨。」

589 ☐ **successive** [səkˋsɛsɪv] ㊢「連續的」

名 **succéssion**「連續」

動 **succéed**「繼～之後」

副 **succéssively**「連續地」

第5章

解答

❶ 顯眼的

❷ （D）（A）close「近的／勢均力敵的」／（B）important「重要的」／（C）opening「開始的／開幕的」

譯「這個隊伍已經獲得三連勝了。」

形容詞・副詞（13）

- 將句中劃底線的單字譯成中文填入空格。
- ☐❶ He is suffering from a <u>chronic</u> disease.

  「他受（　　　）疾病所苦。」
- 從（A）～（D）中選出底線單字的同義詞。
- ☐❷ The disease is highly <u>contagious</u>.

  （A）infectious　　　（B）dangerous

  （C）rare　　　　　 （D）fatal

---

590 ☐ **fatal** [`fetḷ] 形「**致命的／攸關性命的**」

例 Cancer is still a **fatal** disease.

「癌症至今仍是致命的疾病。」

類 **déadly**「致命的」

名 **fáte**「命運／宿命」

591 ☐ **contagious** [kənˋtedʒəs]

形「**傳染性的／感染性的**」

類 **inféctious**「傳染性的」

名 **contágion**「接觸感染／感染」

副 **contágiously**「傳染性地」

592 ☐ **chronic** [`krɑnɪk]

形「**慢性的（病）／長期的**」

反 **acúte**「急性的（病）」

593 ☑ **prevalent** [ˋprɛvələnt]

形「盛行的／流行的」

例 The disease is **prevalent** throughout the country.

「這個疾病於全國各地流行。」

類 **wídespréad**「廣泛的」

名 **prévalence**「普遍／流行」

594 ☑ **rampant** [ˋræmpənt]

形「蔓延的／橫行的」

例 Drug use is **rampant** in this neighborhood.

「這個社區的藥物濫用十分猖獗。」

595 ☑ **perishable** [ˋpɛrɪʃəbl̩]

形「易腐壞的」

例 He put **perishable** food in the refrigerator.

「他把容易腐壞的食物放入冰箱。」

動 **pérish**「死亡／腐壞」

第5章

解答

❶ 慢性

❷ （A）（A）infectious「傳染性的」／

（B）dangerous「危險的」／（C）rare「珍貴
的」／（D）fatal「攸關性命的」（➡**590**）

譯「這個疾病具有高度傳染性。」

● 將句中劃底線的單字譯成中文填入空格。

☐❶ We need to make <u>radical</u> changes in the policy.

「我們需要做出（　　）政策改革。」

● 從（A）～（D）中選出底線單字的同義詞。

☐❷ The car came to an <u>abrupt</u> stop.

（A）sudden　　　　（B）complete

（C）brief　　　　　（D）long

---

596 ☐ **annual** [`ænjʊəl]

㊟「一年一次的／一年的」

例 He's going to France for the **annual** meeting.

「他將為了年度會議前往法國。」

597 ☐ **biannual** [baɪ`ænjʊəl]

㊟「每年兩次的」

例 The **biannual** meeting was held in Osaka.

「一年兩次的會議在大阪舉行。」

598 ☐ **abrupt** [ə`brʌpt]

㊟「意外的／突然的」

類 **súdden**「意外的／突然的」

副 **abrúptly**「意外地／突然地」

599 ☑ **radical** [`rædɪkl]

　　形「根本的／徹底的／極端的」

類 **fùndaméntal**「根本的」

　thórough「徹底的」

副 **rádically**「根本地／徹底地」

600 ☑ **tentative** [`tɛntətɪv]

　　形「**暫時性的／試驗性的**」

例 The two companies have reached a **tentative** agreement.

　　「兩家公司已經達成暫時性的協議。」

副 **téntatively**「暫時性地／試驗性地」

601 ☑ **preliminary** [prɪ`lɪmə͵nɛrɪ]

　　形「**預備的／準備的／預賽的**」

例 Applicants who have passed the **preliminary** selection will be invited for an interview.

　　「通過初選的申請人將受邀參加面試。」

類 **prepáratòry**「預備的」

第5章

解答

❶ 根本的

❷ （A）（A）sudden「突然的」／（B）complete 「完全的」（➡❶265）／（C）brief「短暫的」 （➡❷483）／（D）long「長的」

譯「這台車突然緊急煞車。」

形容詞・副詞（15）

- 將句中劃底線的單字譯成中文填入空格。
- ☐❶ The factory will use <u>state-of-the-art</u> technology.

「工廠將使用（　　　）技術。」

- 從（A）～（D）中選出底線單字的同義詞。
- ☐❷ Cassette tapes have become <u>obsolete</u>.

（A）out of order　　（B）out of date

（C）out of hand　　（D）out of season

602 ☐ **cutting-edge** [`kʌtɪŋ`ɛdʒ]

形「尖端的」

名（**cutting edge**）「尖端」

例 We use **cutting-edge** technology to design our products.

「我們使用尖端科技設計產品。」

603 ☐ **state-of-the-art** [`stetəvði`ɑrt]

形「最先進的／最新科技的」

604 ☐ **obsolete** [`ɑbsə͵lit]

形「老式的／過時的」

類 **out of date / òutdáted** 「老式的／過時的」

224

605 ☑ **prior** [ˋpraɪə]

　　形「先前的／居先的」

例 You need not have any **prior** experience in sales.

　　「你不需要有任何之前的銷售經驗。」

類 **prévious**「先前的」

名 **priórity**「優先事項／居先」

片 **prior to ~**「在～之前」

　　例 They discussed the matter **prior to** the meeting.

　　　「他們在會議之前先討論這件事。」

606 ☑ **worthwhile** [ˋwɝθˋhwaɪl]

　　形「值得（花費時間、勞力）的」

例 I think it will be **worthwhile** to attend the workshop.

　　「我認為出席這個研討會是值得的。」

類 **váluable**「有價值的」

名 **wórth**「價值」

字首 **wórth**「有～價值」

相關 **wórthy**「值得的」

第5章

解答

❶ 最先進的

❷（B）（A）out of order「故障」／（B）out of date「過時」／（C）out of hand「失控」／（D）out of season「不合季節／淡季」

譯「卡式錄音帶已經過時了。」

- 將句中劃底線的單字譯成中文填入空格。

☑❶ She has first-hand experience in this field.

「她在這個領域有（　　）經驗。」

- 從（A）～（D）中選出底線單字的同義詞。

☑❷ Sales have been sluggish since the beginning of this year.
    （A）good 　　　　（B）fast
    （C）slow 　　　　（D）tremendous

---

607 ☑ **first-hand** [`fɝst`hænd]

　 圏「**直接的／第一手的**」圓「**直接地**」

反 **sécond-hánd**「間接的／中古的」

類 **diréct**「直接的」

608 ☑ **simultaneously** [saɪməl`tɛnɪəslɪ]

　 圓「**同時**」

例 Four people can play the game **simultaneously**.

　 「四個人可以同時玩這個遊戲。」

類 **at the same time**「同時」

形 **sìmultáneous**「同時的／同時發生的」

609 ☑ **spontaneous** [spɑn`tɛnɪəs]

　 圏「**自發的／自然發生的**」

例 He received **spontaneous** applause at the end of his presentation.

「表演結束時，大家自然地為他鼓掌。」

類 **vóluntàry**「自發的」

副 **spontáneously**「自發地／自然地」

610 ☐ **inaugural** [ɪnˋɔgjərəl]

形「就職的／開幕的／首次的」

例 The **inaugural** ceremony was held on May 25.

「就職典禮在5月25日舉行。」

例 The **inaugural** issue of the magazine was published in 1971.

「雜誌的創刊號發行於1971年。」

類 **ópening**「開幕的」、**fírst**「首次的」

名 **inàugurátion**「就職典禮／開始」

動 **ináugurate**「使（人）就任／開始」

611 ☐ **sluggish** [ˋslʌgɪʃ]

形「不景氣的／低迷的／遲鈍的」

類 **dúll**「不景氣的」、**slów**「遲緩的」

解答

❶ 親身

❷（C）（A）good「好的」／（B）fast「快的」／（C）slow「遲緩的」／（D）tremendous「驚人的」（➡529）

譯「銷售狀況自年初開始低迷不振。」

第5章

● 將句中劃底線的單字譯成中文填入空格。

☐ ❶ I think he <u>deliberately</u> overcharged me.

「我認為他（　　）多收我費用。」

● 從（A）～（D）中選出底線單字的同義詞。

☐ ❷ There is a <u>pressing</u> need for reform.

（A）constant 　　　（B）essential

（C）personal 　　　（D）urgent

---

612 ☐ **deliberately** [dɪˋlɪbərɪtlɪ]

副 ❶「故意地／蓄意地」❷「慎重地」

類 **inténtionally / on púrpose**「故意地」
cárefully「慎重地」

反 **accidéntally**「偶然地」

形 **delíberate**「故意的／慎重的」

613 ☐ **on-site** [ɑn saɪt]

形「現場的」副「當場」

例 The victims needed **on-site** medical treatment.

「被害者需要當場接受治療。」

614 ☐ **demanding** [dɪˋmændɪŋ]

形「嚴謹的／吃力的」

例 This is the most **demanding** job I've ever had.

「這是我目前為止做過最吃力的工作。」

類 **hárd**「費力的」、**dífficult**「困難的」
名 **demánd**「要求」
動 **demánd**「要求」

615 ☑ **pressing** [ˋprɛsɪŋ]
　形「迫切的／緊迫的」
類 **úrgent**「急迫的」
動 **préss**「按」

616 ☑ **overdue** [ˋovɚˋdju]
　形「（支付、歸還等）過期的」
例 The gas bill is three months **overdue**.
　「瓦斯費逾期三個月了。」

617 ☑ **tardy** [ˋtɑrdɪ]
　形「遲鈍的／延遲的」
例 I'm sorry to be so **tardy** in replying to your query.
　「很抱歉這麼晚才回答您的問題。」
類 **slów**「遲鈍的」、**láte**「延遲的」

解答

❶ 故意

❷（D）（A）constant「持續不斷的」／（B）essential「不可缺的」（➡❶394）／（C）personal「個人的」／（D）urgent「急迫的」（➡❷469）

譯「迫切需要改革。」

第
5
章

- 將句中劃底線的單字譯成中文填入空格。
☐ ❶ This tent is made of <u>durable</u> fabric.
　　「這個帳篷是用（　　　）布料製成。」
- 從（A）～（D）中選出最適當的選項填入空格裡。
☐ ❷ She revealed the (　　) information.
　　（A）conspicuous　　（B）congenial
　　（C）confidential　　（D）contagious

---

618 ☐ **interim** [`ɪntərɪm]
　形「中間的／暫時的／暫定的」
例 The researchers announced **interim** findings from the study.
　　「研究人員宣布中期的研究結果。」
類 **témporàry**「暫時的／臨時的」
反 **pérmanent**「常在的／永續的」
片 **in the interim**「在其間」

619 ☐ **last-minute** [`læst `mɪnɪt]
　形「緊要關頭的／最後瞬間的」
例 There was a **last-minute** cancellation and I managed to get a ticket.
　　「在取消前的最後關頭我設法拿到了票。」

620 ☐ **durable** [ˋdjʊrəbl]

　形「耐用的／耐久的」

類 **lóng-lásting**「持久的」

621 ☐ **confidential** [ˌkɑnfəˋdɛnʃəl]

　形「秘密的／機密的」

類 **sécret**「秘密的」

名 **cónfidence**「自信／信賴／秘密」

動 **confíde**「信賴／吐露（秘密等）」

622 ☐ **affiliated** [əˋfɪlɪˌetɪd]

　形「相關的／合作的」

例 He was transferred to an **affiliated** company.

　「他轉任於一間相關公司。」

類 **assóciàted**「關聯的」

動 **affíliàte**「使合作／加入～為會員」

第5章

解答

❶ 耐用的

❷（C）（A）conspicuous「顯眼的」（➡586）／
（B）congenial「宜人的」／（D）contagious
「傳染性的」（➡591）

譯「她洩漏了機密。」

● 將句中劃底線的單字譯成中文填入空格。

☑❶ She is <u>consistent</u> in her approach.

「她的方法都是（　　　）。」

● 從（A）～（D）中選出底線單字的同義詞。

☑❷ The discussion was very <u>fruitful</u>.

（A）productive 　　（B）impressive

（C）useless 　　　（D）unique

---

623 ☑ **affordable** [əˋfɔrdəb!]

形「（價格）合適的／可支付得起」

例 It is difficult to find **affordable** housing in this area.

「要在這個地區找到價格合適的住房是很難的。」

動 **affórd**「有能力負擔」

624 ☑ **interpersonal** [͵ɪntəˋpɝsən!]

形「人與人之間的／人際關係的」

例 This position requires **interpersonal** skills.

「這個職位需要良好的人際關係技巧。」

詞源 inter「～之間／互相的」＋personal「個人的」

625 ☐ **consistent** [kən`sɪstənt]

形「一貫的／一致的」

名 **consístency**「一貫性」

626 ☐ **exempt** [ɪɡ`zɛmpt]

形「被免除的」<from>

他（**exempt** O **from** ～）「免除～的～」

例 The goods are **exempt** from duties.

「這些商品都免稅。」

627 ☐ **fruitful** [`frutfəl]

形「富有成效的／有益的」

類 **úseful / prodúctive**「富有成效的／有益的」

名 **frúit**「水果／成果」

628 ☐ **futile** [`fjutl] 形「無用的／無效的」

例 Our attempts proved to be **futile**.

「最後證明我們的努力徒勞無功。」

類 **úseless**「無用的」、**ìnefféctive**「無效的」

解答

❶ 一貫的

❷（A）（A）productive「生產的／有益的」
（➡❷522）／（B）impressive「印象深刻的」
（➡❷499）／（C）useless「無用的」／
（D）unique「獨特的」（➡❶413）

譯「這個討論非常有成效。」

第
5
章

形容詞・副詞（20）

● 將句中劃底線的單字譯成中文填入空格。

☑❶ The analysis shows that the project is economically <u>feasible</u>.

「該分析顯示這項計畫在經濟上是（　　　）。」

● 從（A）～（D）中選出最適當的選項填入空格裡。

☑❷ I attended a three-week（　　）course to learn basic business skills.

（A）intense　　　　（B）intensive
（C）incredible　　　（D）interested

---

629 ☐ **comprehensive** [ˌkɑmprɪˋhɛnsɪv]

形「**全面的／廣泛的**」

例 They conducted a **comprehensive** survey of the area.

「他們在該地區進行全面調查。」

類 **inclúsive**「包括的」、**exténsive**「廣泛的」

名 **còmprehénsion**「理解／包括（性）」

動 **còmprehénd**「理解／包含」

630 ☐ **intensive** [ɪnˋtɛnsɪv]

形「**密集的／透徹的**」

動 **inténsify**「加強／使變激烈」

相關 **inténse**「強烈的」

234

631 ☑ **clerical** [ˋklɛrɪkl̩]

形「文書的」

例 You have to hire more **clerical** workers.

「你應該雇用更多文書處理人員。」

632 ☑ **feasible** [ˋfizəbl̩]

形「可行的」

類 **práctical**「可行的」

633 ☑ **plausible** [ˋplɔzəbl̩]

形「似乎合理的／適當的」

例 He had a **plausible** excuse for being late for the meeting.

「對於開會遲到，他有一個似乎合理的理由。」

類 **réasonable**「適當的」

反 **impláusible**「難以置信的／不像真實的」

第5章

解答

❶ 可行的

❷ （B）（A）intense「強烈的」／（C）incredible 「難以置信的」／（D）interested「（人）感興趣 的」

譯「我參加三週密集課程，學習基本的商業技能。」

● 將句中劃底線的單字譯成中文填入空格。

☐ ❶ The company offers <u>in-house</u> training to all its employees.

「公司對所有員工提供（　　　）訓練。」

● 從（A）～（D）中選出底線單字的同義詞。

☐ ❷ I had a <u>hectic</u> day today.

　（A）busy　　　　　（B）wonderful
　（C）usual　　　　　（D）bad

634 ☐ **informative** [ɪnˋfɔrmətɪv]

形「有益的／增進知識的」

例 The seminar was very **informative**.

「這場專題討論會非常有益。」

名 ìnformátion「資訊」

動 infórm「通知」

635 ☐ **in-house** [ˋɪnˏhaʊs]

形「內部的／組織內的」　副「內部地／組織內」

636 ☐ **interactive** [ˏɪntɚˋæktɪv]

形「互動的／相互作用的」

例 The company develops and produces **interactive** software for children.

「公司開發並生產兒童用的互動軟體。」

637 ☐ **hectic** [`hɛktɪk]

　　形「忙亂的／鬧哄哄的」

類 **búsy**「忙碌的」

638 ☐ **jam-packed** [`dʒæm`pækt]

　　形「使水泄不通／塞緊的」

例 The concert hall was **jam-packed**.

　　「音樂廳被擠得水泄不通。」

639 ☐ **multiple** [`mʌltəpl̩]

　　形「複合的／多樣的」

例 He suffered **multiple** injuries in the accident.

　　「他在這個意外中受了很多傷。」

類 **compóund**「複合的」

動 **múltiplỳ**「使增加／增加」

第5章

解答

❶ 內部

❷（A）（A）busy「忙碌的」／（B）wonderful「極好的」／（C）usual「平常的」／（D）bad「壞的」

譯「我有個忙亂的一天。」

● 將句中劃底線的單字譯成中文填入空格。

☐❶ He has a <u>legitimate</u> reason for not attending the meeting.

「他有無法出席會議的（　　）理由。」

● 從（A）～（D）中選出底線單字的同義詞。

☐❷ They asked me a lot of <u>pertinent</u> questions.

（A）basic 　　　　（B）relevant

（C）fine 　　　　（D）trivial

---

640 ☐ **lucrative** [`lukrətɪv]

形「**可賺錢的／獲利的**」

例 You should work in a more **lucrative** field.

「你應該在更能賺錢的領域工作。」

類 **prófitable**「盈利的」

641 ☐ **legible** [`lɛdʒəbl̩]

形「**清晰的／易辨認的**」

例 His handwriting is **legible**.

「他的字跡清晰可辨。」

類 **réadable**「易辨認的」

反 **illégible**「不清楚的／難以辨認的」

642 ☑ **legitimate** [lɪˋdʒɪtəˌmet]

　　形「**正當的／合法的**」

類 **válid**「正當的」、**láwful**「合法的」

副 **legítimately**「合法地」

643 ☑ **pertinent** [ˋpɝtnənt]

　　形「**有關的／恰當的**」

類 **rélevant**「有關的／恰當的」

　　apprópriate「恰當的」

反 **irrélevant**「不恰當的」

644 ☑ **relevant** [ˋrɛləvənt]

　　形 ❶「**有關的**」<to> ❷「**恰當的**」

例 I don't think your remarks are **relevant** to the topic.

　　「我不認為你的言論和主題有關。」

類 **pértinent**「有關的／恰當的」

　　apprópriate「恰當的」

名 **rélevance**「關聯性」

第 5 章

解答

❶ 正當

❷ （B）（A）basic「基本的」／（C）fine「細微的」
（➡❷654）／（D）trivial「無聊的」（➡662）

譯「他們問我許多相關問題。」

形容詞・副詞（23）

- 將句中劃底線的單字譯成中文填入空格。

☐❶ The accounting department of our company is understaffed.

「我們公司的會計部門（　　）。」

- 從（A）～（D）中選出最適當的選項填入空格裡。

☐❷ Your warranty becomes (　　) from the time we receive your warranty application.

（A）various 　　　（B）valuable

（C）valid 　　　　（D）versatile

---

645 ☐ **valid** [`vælɪd] 形「（法律上）有效的／正當的」
反 **ínvalid**「失效的」

646 ☐ **void** [vɔɪd]
形 ❶「無效的（契約等）」❷「空的」
他「使（契約）**無效**」
名 ❶「空虛感」❷「空隙」
例 This contract is **void** after March 1.
「這張契約3月1日後就無效了。」
類 **ínvalid**「無效的」、**émpty**「空的」

647 ☐ **understaffed** [ˌʌndɚ`stæft] 形「人手不足的」
類 **ùndermánned**「人手不足的」

648 ☑ **overhead** [`ovɚˌhɛd]

形 ❶「經常性支出〔管理費用〕的」

❷「在頭頂上的」

名「經常性支出／管理費用」

例 We have to reduce **overhead** costs.

「我們必須減少經常性支出。」

649 ☑ **liable** [`laɪəbl̩]

形 ❶「負有法律責任的」<for / to V>

❷（**be liable to** V）「容易～的」

例 He is **liable** for his wife's debt.

「他對他太太的債務有法律責任。」

類 **respónsible**「有責任的」

tend to V / **be apt to** V「容易～的」

名 **lìabílity**「責任」

650 ☑ **versatile** [`vɝsətl̩] 形「多功能的／萬用的」

例 This facility is extremely **versatile**.

「這個設施非常多功能。」

解答

❶ 人手不足

❷ （C）（A）various「各式各樣的」（➜❶439）／

（B）valuable「有價值的」（➜❶408）／（D）

versatile「多功能的」（➜650）

譯 「您的保證書將從我們收到您的保證書申請即刻起開

始生效。」

● 將句中劃底線的單字譯成中文填入空格。

☐❶ I have more than ten years of <u>editorial</u> experience.

「我有十年以上的（　　　）經驗。」

● 從（A）～（D）中選出底線單字的同義詞。

☐❷ It is <u>mandatory</u> to attend the training program.

（A）optional 　　　（B）free

（C）useful 　　　（D）compulsory

---

651 ☐ **underway** [ˌʌndɚˋwe]

〔形〕〔副〕「**進行中的〔地〕**」

例 Renovation of the building is **underway**.

「這棟建築的整修正在進行中。」

⏀ **under** 有「在～中」的意思。

相關 **under repáir**「修理中」

　　 under constrúction「架構中」

　　 under invèstigátion「調查中」

652 ☐ **editorial** [ˌɛdɚˋtɔrɪəl]

〔形〕「**編輯的／社論的**」

〔名〕「**社論**」

名 **éditor**「編輯」、**edítion**「（發行物的）版」

動 **édit**「編輯」

653 ☑ **mandatory** [ˋmændəˌtorɪ]

　　形「強制的／義務的／必須的」

類 **compúlsory**「強制的」

名 **mándate**「命令」

654 ☑ **unanimously** [juˋnænəməslɪ]

　　副「全場〔全體〕一致地」

例 The bill passed **unanimously**.

　　「這項法案全場一致通過。」

形 **unánimous**「全場一致的」

655 ☑ **mutual** [ˋmjutʃʊəl]

　　形「相互的／共同的」

例 Our partnership is based on **mutual** trust.

　　「我們的合作建立在相互信賴之上。」

類 **cómmon**「共通的」

相關 **mútual fúnd**「共同基金」

第 5 章

解答

❶ 編輯

❷ （D）（A）optional「隨意的」（➡❷572）／
（B）free「自由的／免費的」／（C）useful
「有益的」／（D）compulsory「強制的」

譯「訓練計畫是強制參加的。」

- 將句中劃底線的單字譯成中文填入空格。
☐❶ He has only superficial knowledge of the products.

　「他對這些產品只有（　　）常識。」

- 從（A）～（D）中選出最適當的選項填入空格裡。
☐❷ Children are more (　　) to food allergies than adults.

　（A）identical　　　　（B）familiar
　（C）typical　　　　　（D）susceptible

656 ☐ **susceptible** [sə`sɛptəb!]

　形「**易受～（影響）的／易患～（病）的**」<to>

名 **suscèptibílity**「易受影響的狀況／敏感性」

657 ☐ **vulnerable** [`vʌlnərəb!]

　形「**易受傷的／有弱點的**」<to>

例 Young children are especially **vulnerable** to the effects of passive smoking.

　「年幼的孩子們尤其容易因二手菸受到傷害。」

658 ☐ **superficial** [ˋsupɚˋfɪʃəl]

形「表面的／外表的」

類 **súrface**「表面的」、**shállow**「淺薄的」

659 ☐ **identical** [aɪˋdɛntɪkl̩]

形「同一的／完全相同的」

例 These two products are **identical** in size.

「這兩種產品在尺寸上都相同。」

類 **(the) sáme**「相同的」、**símilar**「相似的」

名 **idéntity**「一致性／本人身分／特性」

副 **idéntically**「相同地／同樣地」

660 ☐ **diverse** [daɪˋvɝs] 形「多樣的／互異的」

例 There are people of **diverse** races and cultures in this city.

「這個城市有多樣的人種和文化。」

類 **várious**「各式各樣的」、**dífferent**「不同的」

名 **divérsity**「多樣性」

動 **divérsify**「使多樣化」

第5章

解答

❶ 淺薄的

❷ （D）（A）be identical to ~「與~同樣的」

（➡659）／（B）be familiar to ~「對~熟悉的」／

（C）be typical to ~「典型的」（➡❶414）

譯「兒童比成人更容易產生食物過敏。」

● 將句中劃底線的單字譯成中文填入空格。

☐❶ Many people are <u>skeptical</u> about his success.
「很多人對於他的成功（　　　）。」

● 從（A）〜（D）中選出底線單字的同義詞。

☐❷ She felt <u>restless</u> and found it difficult to sit still.

（A）satisfied　　　（B）uneasy

（C）lonely　　　　（D）angry

---

661 ☐ **sheer** [ʃɪr]

形「全然的」

例 What you are saying is **sheer** nonsense.

「你説的話全是無稽之談。」

類 **compléte / útter / ábsolùte**「全然的」

662 ☐ **trivial** [ˋtrɪvɪəl]

形「瑣碎的／無聊的／微不足道的」

例 Don't worry about such a **trivial** problem.

「不用擔心這種無聊的問題。」

類 **ùnimpórtant / ìnsigníficant**

「不重要的／微不足道的」

反 **impórtant / signíficant**「重要的」

名 **trívia**「瑣事」

246

663 ☐ **restless** [`rɛstlɪs]
　　形「靜不下心的／焦躁不安的／無法入眠的」
類 **uneásy**「靜不下心的／焦躁不安的」
名 **réstlessness**「不安」
副 **réstlessly**「靜不下心地／心神不定地」

664 ☐ **skeptical** [`skɛptɪkl]
　　形「懷疑的／多疑的」
類 **dóubtful**「懷疑的」、**suspícious**「多疑的」

665 ☐ **likewise** [`laɪkˌwaɪz] 副「同樣地」
例 I ordered coffee and she did **likewise**.
　　「我點了咖啡，她也一樣。」
類 **símilarly**「同樣地」

666 ☐ **tedious** [`tidɪəs] 形「乏味的／令人厭煩的」
例 She found the task **tedious**.
　　「她覺得任務很乏味。」
類 **bóring / dúll / monótonous**「乏味的」

第5章

解答
❶ 感到懷疑
❷（B）（A）satisfied「滿足的」／（B）uneasy「不安的」／（C）lonely「孤單的」／（D）angry「生氣的」
譯「她感到焦躁且坐立難安。」

● 將句中劃底線的單字譯成中文填入空格。

☐❶ The <u>utmost</u> care must be taken in handling this material.

「處理這個材料一定要盡（　　）用心。」

● 從（A）～（D）中選出底線單字的同義詞。

☐❷ That experience has had a <u>profound</u> effect on his life.

（A）beneficial （B）deep

（C）negative （D）secondary

---

667 ☐ **fragile** [ˋfrædʒəl]

㊟「易損壞的／脆弱的」

例 When packing **fragile** items, clearly mark "**fragile**" on the outside of the box.

「在包裝易碎品時，要在箱子外面清楚地標記『易碎物品』。」

類 **bréakable**「易碎的」

668 ☐ **profound** [prəˋfaʊnd]

㊟「深刻的／重大的」

類 **déep**「深刻的」

669 ☐ **tangible** [`tændʒəbl̩]

形 ❶「可碰觸到的」❷「實際的／具體的」

例 We believe this project will produce **tangible** benefits.

「我們相信這個計劃將帶來實際利益。」

類 **réal**「實際的」、**tóuchable**「可碰觸到的」

反 **intángible**「觸摸不到的／無實體的」

670 ☐ **outrageous** [aʊt`redʒəs]

形「不合理的／極不尋常的」

例 They charged us **outrageous** prices for our meals.

「他們對我們的餐點收取不合理的費用。」

671 ☐ **utmost** [`ʌt͵most]

形「最大的／極限的」

類 **gréatest**「最大的」、**máximum**「極限的」

第5章

解答

❶ 最大

❷（B）（A）beneficial「有益的」／（B）deep「深的」／（C）negative「否定的／不好的」／（D）secondary「次要的」（➡❷537）

譯「那個經驗對他的人生有很深刻的影響。」

● 將句中劃底線的單字譯成中文填入空格。
☐❶ He is indifferent to his appearance.
　「他對自己的外表（　　　）。」

● 從（A）～（D）中選出底線單字的同義詞。
☐❷ I was very disappointed to read the biased editorial.
　（A）poor　　　　　（B）critical
　（C）prejudiced　　（D）silly

---

672 ☐ **biased** [`baɪəst]
　形「**存有偏見的／偏見的**（見解等）」
類 **préjudiced**「存有偏見的」
名 **bías**「成見／偏見」
動 **bías**「對～有偏見」

673 ☐ **authentic** [ɔ`θɛntɪk]
　形「**真正的／確實的**」
例 The company purchased on an **authentic** Monet painting.
　「這家公司購入一幅莫內的真跡。」
類 **génuine / réal**「真正的」
名 **àuthentícity**「真實性／確實性」

674 ☑ **shabby** [ˈʃæbɪ]

形「用舊了的／破爛不堪的／破舊的」

例 He was dressed in a **shabby** black suit.

「他穿了一件破舊的黑色西裝。」

類 **wórn-óut**「破舊的」

675 ☑ **indifferent** [ɪnˈdɪfərənt]

形「不關心的」<to>

🕐 本單字是從**different**「不同的」引申而來，但可別以為就是「相同」的意思喔！

類 **ùnconcérned (about)**「（對～）不關心」

名 **indífference**「漠不關心」

副 **indífferently**「漠不關心地」

676 ☑ **crude** [krud] 形「天然的／生的／粗魯的」

例 He apologized for his **crude** behavior.

「他為他的粗魯行為道歉。」

類 **rúde**「粗魯的」、**vúlgar**「粗魯的」

解答

❶ 漠不關心

❷ （C）（A）poor「不擅長的／笨拙的」／

（B）critical「批評的」（➡❷480）／

（C）prejudiced「存有偏見的」／（D）silly「愚蠢的」

譯「閱讀了這篇存有偏見的社論後，我非常失望。」

- 將句中劃底線的單字譯成中文填入空格。
- ☐❶ The school received $10,000 from an anony-mous donor.

「學校收到（　　）捐贈者的10,000美元捐款。」

- 從（A）～（D）中選出底線單字的同義詞。
- ☐❷ We should not be too <u>pessimistic</u> about the future.

（A）gloomy 　　　（B）eager

（C）ambitious 　　（D）optimistic

---

677 ☐ **subtle** [`sʌtḷ]

形「微妙的／隱約的」

例 There are **subtle** differences between the Japanese and American version.

「日本版和美國版之間有些微不同。」

⏱ 注意發音！[b] 不發音。

678 ☐ **unprecedented** [ʌn`prɛsəˌdɛntɪd]

形「史無前例的／空前的」

例 The event was an **unprecedented** success.

「這個演出是史無前例的大成功。」

679 ☐ **anonymous** [əˋnɑnəməs] 形「匿名的」

副 **anónymously**「匿名地」

680 ☐ **optimistic** [ˌɑptəˋmɪstɪk]
形「樂天的／樂觀主義的」

例 I would like to have a more **optimistic** personality.

「我想要有更樂觀的性格。」

反 **pèssimístic**「悲觀的」

681 ☐ **pessimistic** [ˌpɛsəˋmɪstɪk]
形「悲觀的／悲觀主義的」

類 **glóomy**「悲觀的」

反 **òptimístic**「樂觀的」

682 ☐ **concise** [kənˋsaɪs] 形「簡潔的」

例 This book is written in **concise** language.

「這本書以簡潔的文字書寫而成。」

類 **bríef**「簡潔的」

第5章

解答

❶ 匿名

❷ （A）（A）gloomy「悲觀的」（➡575）／
（B）eager「渴望」（➡❶416）／（C）ambitious
「懷抱大志的」（➡❷556）／（D）optimistic
「樂觀的」（➡680）

譯「我們不該對未來太悲觀。」

- 將句中劃底線的單字譯成中文填入空格。
- ☐❶ They <u>unconditionally</u> accepted the offer.
  「他們（　　　）接受報價。」
- 從（A）～（D）中選出底線單字的同義詞。
- ☐❷ This medicine may make you feel <u>drowsy</u>.
  - （A）better　　　　（B）fine
  - （C）calm　　　　　（D）sleepy

---

683 ☐ **punctual** [ˈpʌŋktʃʊəl]

　　㊌「準時的」

例 He is usually very **punctual**.

　「他通常都很準時。」

名 **pùnctuálity**「準時」

684 ☐ **endangered** [ɪnˈdendʒɚd]

　　㊌「瀕臨絕種的」

例 The aim of the organization is to protect **endangered** species and their habitats.

　「這個組織的宗旨是保護瀕臨絕種的生物和其棲息地。」

動 **endánger**「危及」

詞源 en「使」＋danger「危險」

685 ☑ **unconditionally** [ˌʌnkənˈdɪʃənəlɪ]

　　副「**無條件地**」

　⏱ 可從 **condítion**「條件」一字推測其意。

　形 **ùncondítional**「無條件的」

686 ☑ **municipal** [mjuˈnɪsəpl]

　　形「**地方自治的／市〔鎮〕的**」

　例 **Municipal** elections were held on April 13.

　　「地方選舉於4月13日實施。」

687 ☑ **detrimental** [dɛtrəˈmɛntl]

　　形「**有害的／不利的**」

　類 **hármful**「有害的」

　例 The transaction will be **detrimental** to them.

　　「這個交易將對他們不利。」

688 ☑ **drowsy** [ˈdraʊzɪ]

　　形「**想睡的／昏昏欲睡的**」

　類 **sléepy**「想睡的」

　動 **drówse**「打瞌睡」

第
5
章

解答

❶ 無條件地

❷ （D）（A）better「更好」／（B）fine「有精神
　的」（➡❷654）／（C）calm「沉著的」／
　（D）sleepy「想睡覺的」

譯「這個藥可能會讓你想睡覺。」

● 將句中劃底線的單字譯成中文填入空格。

☐❶ The <u>rectangular</u> plates are stacked on the table.

「（　　　）盤子堆疊在桌上。」

● 從（A）～（D）中選出底線單字的同義詞。

☐❷ The hotel offers a <u>complimentary</u> breakfast.

（A）free 　　　　（B）reasonable

（C）balanced 　　（D）light

---

689 ☐ **witty** [`wɪtɪ]

［形］「機智的／機靈的」

［例］His **witty** speech won a lot of applause from the audience.

「他機智的演說贏得聽眾許多掌聲。」

［名］**wit**「機智／風趣」

690 ☐ **rectangular** [rɛk`tæŋgjələ]

［形］「長方形的」

［名］**réctàngle**「長方形」

［相關］**squáre**「正方形／正方形的」、**tríangle**「三角形」、**triángular**「三角形的」、**círcle**「圓（形）」、**círcular**「圓形的」

691 ☑ **disposable** [dɪˋspozəbl̩]

形「用完即丟的」

例 You can buy a **disposable** camera at the gift shop.

「你可以在禮品店買用完即丟的相機。」

類 **thrówawày**「用完即丟的」

動 **dispóse (of ~)**「處理」

692 ☑ **thorough** [ˋθɝo]

形「徹底的／完全的」

例 He has a **thorough** knowledge of the subject.

「他對這個科目有透徹的理解。」

類 **compléte**「完全的」

副 **thóroughly**「徹底地／完全地」

693 ☑ **complimentary** [͵kɑmpləˋmɛntərɪ]

形「免費的／招待的」

類 **frée**「免費的」

第
5
章

解答

❶ 長方形的

❷ （A）（A）free「免費的」／（B）reasonable 「合理的」（➡❷475）／（C）balanced「均衡的」 （➡❷570）／（D）light「輕的」

譯「飯店提供免費早餐。」

形容詞・副詞（32）

- 將句中劃底線的單字譯成中文填入空格。
☐❶ The stock market is still <u>volatile</u>.
  「股票市場依然（　　　）。」
- 從（A）～（D）中選出底線單字的同義詞。
☐❷ There is <u>fierce</u> competition in the banking industry.
  （A）commercial　　　（B）fair
  （C）intense　　　　　（D）unfair

---

694 ☐ **hands-on** [`hændz`ɑn]
　　形「**實際的／有實際經驗的**」
　例 He has **hands-on** experience in marketing.
　　「他在市場行銷方面有實際經驗。」

695 ☐ **volatile** [`vɑlət!] 形「**不安定的／易變化的**」
　類 **chángeable / unpredíctable**「易變化的」

696 ☐ **fierce** [fɪrs] 形「**激烈的／狂熱的**」
　類 **inténse**「激烈的／狂熱的」

697 ☐ **ridiculous** [rɪ`dɪkjələs] 形「**愚蠢的／可笑的**」
　例 What he said was totally **ridiculous**.
　　「他說的完全是愚蠢的言論。」

類 **sílly / stúpid**「愚蠢的」、**fúnny**「可笑的」
動 **rídicùle**「嘲笑」

698 ☑ **redundant** [rɪˋdʌndənt]
　　形「**多餘的／囉嗦的**（表現）」
例 I think this word is **redundant**.
　　「我認為這個字是多餘的。」
類 **súrplus**「多餘的」
名 **redúndancy**「多餘／過剩」

699 ☑ **conventional** [kənˋvɛnʃənl̩]
　　形「**守舊的／陳舊的／慣例的**」
例 He only made **conventional** remarks at the meeting.
　　「他只不過在會議上做千篇一律的評論而已。」
類 **tradítional**「慣例的」
名 **convéntion**「（正式的）會議／慣例」

第
5
章

解答
❶ 不安定
❷ （C）（A）commercial「商業上的」／（B）fair 「公平的」（➡❷543）／（C）intense「激烈的」／（D）unfair「不公平的」
譯「銀行業競爭很激烈。」

片語（1）

> ● 將句中劃底線的單字譯成中文填入空格。
>
> ☐❶ She called in sick this morning.
>
> 　「她今天早上（　　　）。」
>
> ● 從（A）～（D）中選出最適當的選項填入空格裡。
>
> ☐❷ The school (　　) back to the 18th century.
>
> 　（A）comes 　　　　（B）dates
>
> 　（C）brings 　　　　（D）gets

700 ☐ **accóunt for ~**

　❶「占（比例）」

　❷「說明」

例 This product **accounts for** 25 percent of our sales.

　「這項產品占了我們25%的銷售額。」

例 We must **account for** the delay.

　「我們必須說明為何遲到。」

701 ☐ **as of ~**

　「在～之後／在～當時」

例 There were 480 employees **as of** October 2009.

　「在2009年10月當時有480名員工。」

702 ☑ **call for** ~「要求/需要」

例 This question **calls for** a more detailed analysis.

「這個問題需要更詳細的分析。」

類 **requíre / néed**「要求/需要」

703 ☑ **call in sick**「打電話請病假」

704 ☑ **keep[bear] ~ in mind**
「記得/記住」

例 You should **keep** this point **in mind**.

「你應該記住這一點。」

類 **remémber**「記得」

705 ☑ **date back to** ~
「（起源）可追溯到」

706 ☑ **get down to** ~
「開始著手/認真努力」

例 Let's **get down to** business.

「讓我們開始工作吧！。」

第
6
章

解答

❶ 打電話來請病假

❷ （B）（A）come「來」/（C）bring「帶來」/
（D）get back to ~「重新打電話給」（➡❶532）

譯「學校的建立可追溯到18世紀。」

- 將句中劃底線的單字譯成中文填入空格。

☑❶ You should go over the figures again.

「你應該要再（　　　）一次數字。」

- 從（A）～（D）中選出底線單字的同義詞。

☑❷ He went through a lot of difficulties when he first moved to Japan.

（A）overcame　　　（B）caused

（C）suffered from　（D）experienced

707 ☐ in accórdance with ~

「如同／依照／與～一致」

例 These materials must be disposed of in accordance with the law.

「這些原料一定要依照法律來處理。」

類 in agréement with ~「與～一致」

708 ☐ go over ~「檢查／核對」

類 exámine / inspéct「檢查」

709 ☐ go thróugh ~

「經歷（苦難等）／接受（治療等）」

類 ùndergó「經歷（苦難等）／接受（治療等）」

expérience「經歷」

710 ☑ **live up to ~**

「**實踐**（期望等）／**不辜負**（期望等）」

例 The product didn't **live up to** my expectations.

「這個產品並沒有達到我的期望。」

711 ☑ **with[in] regárd to ~**

「**關於**」

例 I am writing **with regard to** your advertisement in yesterday's newspaper.

「我寫的（這封信）是關於昨日報紙上貴公司的（徵才）廣告。」

類 **regárding**「關於」

712 ☑ **cut down (on) ~**

「**減少**（數、量）」

例 We should **cut down on** expenses.

「我們應該減少支出。」

解答

❶ 核對

❷（D）（A）overcome「戰勝」／（B）cause「引起」／（C）suffer from ~「受～之苦」（➡❶365）／（D）experience「經歷」（➡❶181）

譯「他剛搬到日本時，經歷過很多的困難。」

> ● 將句中劃底線的單字譯成中文填入空格。
> ☐❶ He learned English from scratch in six months.
> 「他在六個月內（　　　）學會了英文。」
> ● 從（A）～（D）中選出最適當的選項填入空格裡。
> ☐❷ He (　　) over to the curb.
> 　（A）pulled　　　（B）turned
> 　（C）talked　　　（D）took

713 ☐ **from scrátch**
「從零開始／從無開始／從沒有任何積蓄的階段開始」

714 ☐ **in pérson**
❶「（非代理）**親自**」 ❷「**實物**」

例 I want to thank him **in person**.
「我想親自謝謝他。」

例 I met him **in person** yesterday.
「我昨天看到他本人。」

715 ☐ **in a row**「成一排／連續」
例 Some students are waiting **in a row**.
「有些學生排成一排等待著。」

例 It rained three days **in a row**.
「連續下三天雨了。」

716 ☑ **pull over**「停車（到路邊）」
詞源 這個片語是從拉（pull）馬韁繩的動作引申而來的。
類 **stóp**「停止」

717 ☑ **put ~ away / put away ~**
「收拾好／歸位」

例 I **put** the book **away** after a few pages.
「讀了幾頁之後，我把書歸回原位。」

718 ☑ **put ~ out / put out ~**
「將（火等）熄滅」

例 The firefighters quickly **put out** the fire.
「消防人員很快地將火撲滅。」
類 **extínguish**「熄滅」

719 ☑ **let up**「（雨勢）減弱／停止」

例 The storm will **let up** tonight.
「暴風雨將在今晚停止。」

解答
❶ 從零開始〔從完全沒有基礎開始〕
❷ （A）（B）turn over「翻覆」／（C）talk over ~
「商討」／（D）take over ~「繼任」（➡728）
譯「他將車子停到路邊。」

● 將句中劃底線的單字譯成中文填入空格。

☑❶ I couldn't <u>make out</u> what he was saying.
「我（　　　）他說什麼。」

● 從（A）～（D）中選出最適當的選項填入空格裡。

☑❷ Please (　　) to it that he receives the document.
（A）look
（B）see
（C）hear
（D）listen

720 ☑ **make (~) out / make out (~)**

㉯「進行順利／（順利）進展」

㉮「了解」

例 How did you **make out** with your job interview?
「你工作的面試進行得如何？」

類 **get along / get on**「進行順利／（順利）進展」
ùnderstánd「了解」

721 ☑ **tune in to ~**「轉換頻道到」

例 I **tuned in to** the program.
「我轉換頻道到這個節目。」

722 ☑ **see to it that** S V
「務必要／請注意要」

723 ☐ **set ~ asíde / set asíde ~**
「儲存（錢）」
例 You should **set aside** some money for your trip.
「為了你的旅行，你應該存一些錢。」
類 **sáve**「儲存」

724 ☐ **set ~ forth / set forth ~**
「闡明／表示」
例 He **set forth** his opinion to the committee.
「他向委員會闡明自己的意見。」

725 ☐ **on the spot**
「當場／立即」
例 He answered many questions **on the spot**.
「他當場回答了很多問題。」
類 **immédiately**「立即」

解答
❶ 不了解
❷ （B）（A）look「看」／（C）hear「聽」／
（D）listen「聽」
其他選項沒有意義。
譯 「請務必確認他會收到文件。」

● 將句中劃底線的單字譯成中文填入空格。
☐❶ You should think twice before taking on
the project.
「你在接受這項計畫之前應該（ 　　 ）。」
● 從（A）～（D）中選出底線單字的同義詞。
☐❷ We must take steps to protect the environ-
ment.
（A）effect 　　　　（B）place
（C）off 　　　　　（D）measures

726 ☐ **take efféct**
「（法律等）生效／（藥物等）見效」

例 The new rule **takes effect** on July 1.
「新的規定於7月1日生效。」

類 **come into efféct**「生效」、**wórk**「產生作用」

727 ☐ **take ~ on / take on ~**
❶「接受（工作等）」
❷「（狀況等）開始呈現」

例 He **took on** the difficult task.
「他接下困難的工作。」

類 **ùndertáke**「接受」

728 ☑ **take (~) over / take over (~)**

❶「繼承」❷「接管」

例 He **took over** the company from his father.

「他從父親那繼承這家公司。」

相關 **tákeòver**「併購／接管」

729 ☑ **take steps**

「採取措施」

類 **take méasures[action]**「採取措施」

730 ☑ **think twíce**

「三思而行／重新考慮」

詞源 think「考慮」＋twice「兩次」

731 ☑ **be cut out for ~**

「適合做／適合從事」

例 She **isn't cut out for** the job.

「她不適合做這項工作。」

解答

❶ 三思而行

❷（D）（A）take effect「生效」（➡726）／（B）take place「舉行」（➡❶514）／（C）take off「飛機起飛／脫掉」／（D）take measures「採取措施」

譯「我們必須採取措施以保護環境。」

片語（6）

● 將句中劃底線的單字譯成中文填入空格。

☐❶ They were fired <u>without notice</u>.

　「他們（　　）遭到解雇。」

● 從（A）～（D）中選出最適當的選項填入空格裡。

☐❷ I couldn't get out of bed, (　　) alone walk.

　（A）get　　　　　　（B）leave

　（C）let　　　　　　（D）take

---

732 ☐ **withóut nótice**

　「無預警」

733 ☐ **dwell on ~**

　「老是想著」

例 Don't **dwell on** the past.

　「不要老是想著過去。」

⏱ **dwell** 本身為「居住」之意。

734 ☐ **in a nútshèll**

　「總之／簡而言之」

例 **In a nutshell**, he is a terrible boss.

　「總之，他是一個糟糕的上司。」

類 **in short / in a word**「總之」

735 ☐ make ends meet

「使收支平衡／使收支相抵」

例 He is struggling to **make ends meet** on a small salary.

「他努力以微薄的薪水讓收支平衡。」

⏳ 這個片語是從使收支表的**ends**「兩邊（收入與支出）」一致之動作而來。

736 ☐ let alóne ~

「（接否定句之後）遑論／更不用說」

類 **to say nothing of** ~「更不用說」

737 ☐ turn aróund

「（經濟等）好轉／改變方向」

例 The economy will **turn around** in a year or two.

「經濟將在一兩年後好轉。」

738 ☐ go in for ~「接受（考試等）／參加」

例 My father seldom **goes in for** medical exams.

「我的父親很少接受健康檢查。」

解答

❶ 無預警

❷ （C）（A）get「獲得」／（B）leave「離開」（➡❶575）／（D）take「取」

其他選項沒有意義。

譯「我沒辦法下床，更不用說走路了。」

- 將句中劃底線的單字譯成中文填入空格。
☐❶ He has been working <u>around the clock</u>.
　「他已經工作了（　　）。」
- 從（A）～（D）中選出最適當的選項填入空格裡。
☐❷ The fire alarm has been (　) off for two hours.
　（A）going　　　　（B）paying
　（C）calling　　　（D）putting

---

739 ☐ **go off**「響起」

740 ☐ **wrap ~ up / wrap up ~**
「結束」

例 They hope to **wrap up** negotiations next week.
「他們希望下週結束談判。」
類 **conclúde / fínish**「結束」

741 ☐ **rule out ~**
「把～排除在外／拒絕考慮」

例 The proposal was **ruled out** because it would cost too much money.
「這項提案不被考慮是因為會花費太多金錢。」
類 **exclúde**「把～排除在外」

742 ☐ **aróund the clock**

「夜以繼日／整天整夜」

743 ☐ **pay off**

「行得通／得到好結果」

例 All my hard work **paid off**.

「我所有的努力得到了好結果。」

744 ☐ **pay ~ off / pay off ~**

「還清（借款等）／付清」

例 He has **paid off** the debt.

「他已付清債務。」

745 ☐ **dispóse of ~**

「解決／處理／捨棄」

例 Hazardous waste must be **disposed of** properly.

「有害的廢棄物必須要適當處理。」

類 **throw ~ away / throw away ~**「丟掉」

解答

❶ 整天整夜

❷ （A）（B）pay off「行得通」（➡743）／
（C）call off ~「終止」／（D）put off ~「延期」
（➡❶510）

譯「火災警報器已經響了兩個小時了。」

主題
131 ▸ 片語（8）

- 將句中劃底線的單字譯成中文填入空格。
- ☐❶ We must achieve the goal <u>at all costs</u>.
  「我們（　　）一定要達成那個目標。」
- 從（A）～（D）中選出最適當的選項填入空格裡。
- ☐❷ The restaurant is (　　) to none in this town.
  （A）similar　　（B）second
  （C）superior　　（D）inferior

---

746 ☐ if you ask me
「依我看來／恕我直言」

例 They made a mistake **if you ask me**.
「恕我直言，他們犯了一個錯誤。」

747 ☐ Not that I know of.
「據我所知並非如此」

例 "Did he go there?" "**Not that I know of.**"
「他去那裡了嗎？／據我所知並沒有喔！」

748 ☐ be sécond to none
「不比誰（任何東西）差」

🕐 **be sécond to ~**「僅次於～」，「～」的部分是從 **none** 引申而來。

749 ☐ **at all costs [at any cost]**
「不惜任何代價／無論如何」

750 ☐ **stand in for ~**
「代替」

例 Could you **stand in for** me at the meeting?

「你可以代替我出席會議嗎？」

類 **take ~'s place / take the place of ~ / repláce**

「代替」

751 ☐ **be on the verge of ~**
「瀕於／眼看就要」

例 Many species **are on the verge of** extinction.

「很多生物瀕臨絕種危機。」

類 **be on the point of ~**「即將」

be on the brink of ~「眼看就要（絕種等）」

解答

❶ 無論如何〔不惜任何代價〕

❷ （B）（A）be similar to ~「類似」／

（C）be superior to ~「優於」（➡❷523）／

（D）be inferior to ~「劣於」

譯 「這家餐廳是這個城鎮裡最好的餐廳。」

- 將句中劃底線的單字譯成中文填入空格。
☐❶ Hundreds of police officers <u>lined</u> the streets.
「數百名警察（　　）在街上。」
- 從（A）～（D）中選出最適當的選項填入空格裡。
☐❷ She (　　) the audience in French.
（A）addressed 　　（B）learned
（C）improved 　　（D）spoke

752 ☐ **policy** [`pɑləsɪ]

[名] ❶「保險契約／保險單」

　　❷「政策」

[例] This **policy** covers damage caused by natural disasters.

「這張保險單涵蓋因天然災害所引起的損害。」

753 ☐ **star** [stɑr]

[自]「（明星等）主演／擔任主角」

[他]「讓（明星等）主演」

[名] ❶「星星」

　　❷「明星／很受歡迎的人」

[例] Tom Hanks **starred** in the movie "*Forrest Gump.*"

「湯姆漢克斯主演電影《阿甘正傳》。」

754 ☑ **address** [əˋdrɛs]

他 ❶「對～說話／向～搭話」❷「處理（問題）／（在信件等）寫上收信人姓名地址」

名 ❶「演說」❷「住址」

例 We have to **address** this problem immediately.

「我們必須立刻處理這個問題。」

類 **táckle / déal with ~**「處理」

755 ☑ **line** [laɪn]

他「沿著（街道等）排列」

（**line** *A* **with** *B*）「沿著A排列著B」

自「排成一列」<up> 名「線／列／行」

例 The street is **lined** with cherry trees.

「櫻花樹沿著街道排列。」

756 ☑ **house** 他 [haʊz] 名 [haʊs]

他「容納（人）／給～提供住房」名「家」

例 The church was used to **house** the victims.

「教會被提供作為災民的住處。」

類 **accómmodàte**「能容納」

解答

❶ 排列

❷ （A）（B）learn「學習」／（C）improve「改進」（➡❶319）／（D）speak「說」

譯「她用法文跟觀眾說話。」

- ●將句中劃底線的單字譯成中文填入空格。
- ☐**❶** He took the <u>minutes</u> of the meeting.

  「他在會議中（　　　）。」
- ●從（Ａ）～（Ｄ）中選出底線單字的同義詞。
- ☐**❷** They made a <u>bargain</u> with Mr. Wilson.

  （Ａ）contract 　　　（Ｂ）product

  （Ｃ）sale 　　　　　（Ｄ）discount

---

757 ☐ **chair** [tʃɛr]

　　㊠「擔任～的主席」

　　㊟**❶**「主席（一職）」

　　　　❷「椅子」

例 Mr. Smith **chaired** the conference.

　「史密斯先生擔任會議的主席。」

類 **presíde (over)**「擔任（～的）主席」

758 ☐ **minute** ㊟ [ˋmɪnɪt] ㊢ [maɪˋnjut]

　　㊟**❶**「分」**❷**「瞬間」

　　　　❸（**minutes**）「會議記錄」

　　㊢「微小的／精密的／詳細的」

例 They have made a **minute** examination of the system.

　「他們已經精密地檢查系統。」

類 **móment**「瞬間」、**récord(s)**「會議記錄」
clóse「嚴密的」

副 **mínùtely**「每隔一分鐘／精密地／詳細地」

759 ☑ **bargain** [ˋbɑrgɪn]

名 ❶「協議／交易」❷「便宜貨／特價品」

自「達成（買賣等的）**協議**」

類 **cóntract / agréement**「合約」

760 ☑ **cover** [ˋkʌvɚ]

他 ❶「彌補（費用等）」❷「包含（範圍、問題）」
❸「覆蓋」

名 ❶「封面」❷「覆蓋物」

例 Will my insurance **cover** the damage?

「我的保險會賠償這項損失嗎？」

例 This article **covers** the issue well.

「這篇新聞充分報導該議題。」

類 **óffsèt**「補償」、**inclúde**「包含」
deal with ~「處理」

名 **cóverage**「適用〔補償〕範圍」

解答

❶ 做了記錄

❷ （A）（A）contract「合約」（➡❷047）／
（B）product「產品」（➡❶054）／（C）sale
「銷售」／（D）discount「打折」（➡❷283）

譯「他們與威爾森先生簽訂協議。」

第7章

> ● 將句中劃底線的單字譯成中文填入空格。
> ☐❶ Mr. Baker is <u>practicing medicine</u> in his hometown.
> 「貝克先生正在他的故鄉（　　　）。」
> ● 從（A）～（D）中選出底線單字的同義詞。
> ☐❷ He <u>championed</u> the rights of minorities.
> （A）denied 　　　　（B）defended
> （C）admitted 　　　（D）acquired

761 ☐ **champion** [ˋtʃæmpɪən]
　　⑩「**擁護**（主義等）」
　　⑧「**優勝者／冠軍**」

類 **defénd / protéct / ádvocàte**「擁護」
　　wínner「優勝者」

762 ☐ **resort** [rɪˋzɔrt]
　　⑧「**休養地／遊覽勝地／休閒度假之處**」
　　⑪「**訴諸**（手段、物品等）**／借助**」<to>

例 This is one of the best **resorts** in the world.
　　「這是世界上最好的休閒度假處之一。」

例 Don't **resort** to violence.
　　「不要訴諸暴力。」

763 ☑ **practice** [`præktɪs]

名 ❶「實行」 ❷「練習」

他 自 ❶「實行」 ❷「練習」 ❸「（醫生、律師）開業」

例 They put their plans into **practice**.

「他們將計畫付諸實現。」

⏱ **put ～ into practice**為「實行」之意。

類 **tráining**「練習／訓練」

carry ～ out / carry out ～「實行」

764 ☑ **single** [`sɪŋg!]

形「單一（一人）的／單身的」

他「選出／挑出」<out>

例 I don't have a **single** day off until the end of this month.

「到這個月底前我沒有一天休假。」

例 He was **singled** out as the best player.

「他被選為最優秀的選手。」

類 **óne**「一個」、**unmárried**「單身的」

反 **márried**「已婚的」

副 **síngly**「單獨地／一個（人）一個（人）地」

解答

❶ 行醫

❷ （B）（A）deny「否定」（➡❶309）／
（B）defend「擁護」／（C）admit「承認」
（➡❶304）／（D）acquire「獲得」（➡❷331）

譯「他擁護少數民族的權利。」

● 將句中劃底線的單字譯成中文填入空格。

☐❶ The plan was carried out <u>against their will</u>.

「這項計畫在（　　　）下被執行。」

● 從（A）～（D）中選出最適當的選項填入空格裡。

☐❷ You don't have to (　　) all the responsibility.

　（A）head　　　　　（B）shoulder

　（C）hand　　　　　（D）back

---

765 ☐ **tear** 他 自 [tɛr] 名 [tɪr]

　　他「**撕裂**」<up> 自「**裂開**」名「**眼淚**」

例 He **tore** the letter up and wrote another.

　「他撕掉這封信，再寫了另一封。」

⏱ 注意動詞的發音！時態變化**tear-tore-torn**

類 **ríp**「撕裂／裂開」

766 ☐ **sound** [saʊnd]

　　形 ❶「**健全的／完好的**」❷「**深沉的**（睡眠）」

　　副「**酣睡地**」名「**聲音**」

　　自（S主詞＋V動詞＋C補語的句型中）「**聽起來**」

例 I think they have made a **sound** decision.

　「我認為他們做了一個完美的決定。」

例 He is **sound** asleep.

　「他正呼呼大睡。」

類 **héalthy**「健全的」
réasonable「適當的」

767 ☑ **shoulder** [`ʃoldə]
他「承擔（責任）／肩負」名「肩膀」

類 **take ~ on / take on ~**「承擔」

768 ☑ **spell** [spɛl]
名 ❶「（天氣等）一段連續時間」❷「咒語」
他 自「拼寫」

例 We have had a dry **spell** for more than a month.
「乾旱期已經延續超過一個月了。」

例 How do you **spell** your name?
「請問如何拼寫您的名字？」

名 **spélling**「拼字」

769 ☑ **will** [wɪl]
名「意志／願望」他「希望」助「打算／將」

🕐 **agáinst** *one's* **will** 為「違背某人的意願」之意。

類 **inténtion**「意志」、**desíre / wísh**「願望」

解答

❶ 違背他們的意願

❷ （B）（A）head「朝（方向）」（➡❶585）／
（C）hand「傳遞」（➡❶580）／（D）back「支持」

譯「你不需要背負所有的責任。」

索　引

* 粗體字的單字及片語，表示出現在本書標題的字彙

● E ●

● G ●

● M ●

● S ●

● T ●

● U ●

● V ●

● W ●

國家圖書館出版品預行編目資料

每天1分鐘 新制多益NEW TOEIC必考單字860分完勝！新版 /
原田健作著；葉紋芳譯
-- 修訂二版 -- 臺北市：瑞蘭國際，2024.12
320面；14.8 × 21公分 --（外語達人系列；32）
譯自：每日1分 TOEIC TEST 英単語860点クリア
ISBN：978-626-7473-67-2（平裝）
1. CST：多益測驗 2. CST：詞彙

805.1895   113014508

外語達人系列32

每天1分鐘 新制多益NEW TOEIC必考單字860分完勝！ 新版

作者｜原田健作
翻譯｜葉紋芳
責任編輯｜潘治婷、王愿琦
校對｜潘治婷、王愿琦

英語錄音｜Trace Fate
錄音室｜純粹錄音後製有限公司
封面設計｜陳如琪
內文排版｜余佳憓、陳如琪

瑞蘭國際出版
董事長｜張暖彗・社長兼總編輯｜王愿琦
編輯部
副總編輯｜葉仲芸・主編｜潘治婷
設計部主任｜陳如琪
業務部
經理｜楊米琪・主任｜林湲洵・組長｜張毓庭

出版社｜瑞蘭國際有限公司・地址｜台北市大安區安和路一段104號7樓之一
電話｜(02)2700-4625・傳真｜(02)2700-4622・訂購專線｜(02)2700-4625
劃撥帳號｜19914152 瑞蘭國際有限公司
瑞蘭國際網路書城｜www.genki-japan.com.tw

法律顧問｜海灣國際法律事務所　呂錦峯律師

總經銷｜聯合發行股份有限公司・電話｜(02)2917-8022、2917-8042
傳真｜(02)2915-6275、2915-7212・印刷｜科億印刷股份有限公司
出版日期｜2024年12月初版1刷・定價｜420元・ISBN｜978-626-7473-67-2

MAINICHI 1PUN TOEIC TEST EITANGO 860TEN CLEAR
© 2010 Kensaku Harada
First published in Japan in 2010 by KADOKAWA CORPORATION, Tokyo. Complex Chinese translation
rights arranged with KADOKAWA CORPORATION, Tokyo through Keio Cultural Enterprise Co., Ltd.